CONTES MORAUX.

DE L'IMPRIMERIE DE PELLETIER,
Rue Française, n° 7, près celle Pavée-Saint-
Sauveur.

CONTES MORAUX,

POUR

L'INSTRUCTION

DE

LA JEUNESSE,

Par Madame LE PRINCE DE BEAUMONT,

Extraits de ses Ouvrages, et publiés, pour la
première fois, en forme de Recueil.

TOME SECOND.

~~~~~~~~

A PARIS,

Chez BARBA, Libraire, Palais du Tribunat, galerie
derrière le Théâtre Français, n. 51.

————————

1806.

CONTES MORAUX

POUR

L'INSTRUCTION

DE

LA JEUNESSE.

BETSI ET LAURE.

CONTE.

Il y avait une fois un fermier qui avait été très-riche, et qui était devenu bien pauvre. Il avait deux filles, nommées *Betsi* et *Laure*. Betsi qui était l'aînée était parfaitement belle ; mais elle était fière de sa beauté : elle n'aimait qu'elle, et par conséquent elle était dure aux

2   I

pauvres , et n'avait aucune complaisance
pour les autres. Elle n'aimait pas non plus
à travailler , crainte de gâter ses mains ,
et elle n'allait jamais dans les champs
que quand son père le lui avait commandé
vingt fois, parce qu'elle disait que cela
lui hâlerait le teint. Sa cadette , Laure ,
avait été fort jolie avant la petite vérole ;
mais cette maladie l'avait gâtée sans
l'affliger , parce qu'elle n'était pas attachée à sa beauté. Elle était aimée de tout
le voisinage , parce qu'elle cherchait à
obliger tout le monde ; et, bien souvent ,
elle s'ôtait le pain de la bouche pour le
donner aux pauvres. Quoique sa sœur
aînée ne l'aimât point , elle cherchait
toutes les occasions de lui faire plaisir ,
et se chargeait volontiers de tout l'ouvrage de la maison , pour lui en épargner
la peine.

Un jour que les deux sœurs étaient
occupées à traire les vaches, un gentilhomme qui était fort riche, passa par-là,
et fut charmé de la beauté de l'aînée. Il

lui fit quelques questions ; et, trouvant qu'elle avait de l'esprit, il en devint éperduement amoureux. Betsi fut charmée de cette rencontre, parce qu'en épousant ce gentilhomme, elle pensait qu'elle viendrait demeurer à la ville où elle se divertirait beaucoup. Le gentilhomme lui demanda quelle était cette fille si laide qui s'était retirée aussitôt qu'elle avait paru (car Laure pensait qu'il n'était pas honnête à une fille de s'amuser avec ces beaux messieurs de la ville, qui ne cherchent qu'à tromper les villageoises) ? c'est ma sœur, lui répondit Betsi. C'est une pauvre imbécille qui n'est propre qu'au tracas de la campagne ; pour moi, je m'y ennuie à mourir ; on n'y trouve que des gens grossiers, et je pleure de regret tous les jours de n'être pas née à la cour. Vous êtes trop belle pour rester ici, lui dit le gentilhomme ; je vais mettre ordre à quelques affaires ; et, si vous m'aimez, je viendrai vous demander en mariage à votre père. Betsi pensa mourir

2

de joie à cette proposition , et assura ce
gentilhomme qu'elle l'aimait à la folie.
Cependant le fermier s'impatientait de ce
que sa fille aînée ne revenait pas, et jurait
qu'il voulait la battre quand elle reviendrait. Laure s'échappa de la maison, et
vint lui dire que son père était fort en
colère. Dans le moment une pauvre femme
qui avait trois petits enfans , s'approcha
des deux sœurs , et leur dit qu'il y avait
vingt-quatre heures que ses trois pauvres
enfans n'avaient mangé , et qu'elle les
conjurait de lui donner quelque chose.
Passez votre chemin , lui dit l'aînée ; on
ne voit que des gueux qui ne laissent pas
un moment de repos aux gens. Doucement , ma sœur lui dit Laure ; si vous ne
voulez rien donner à cette femme , ne la
maltraitez pas. En même tems elle tira
un schelling de sa poche (c'était tout ce
qu'elle avait dans ce monde) , et le donna
à cette femme. Betsi se moqua d'elle , et
lui dit : vous êtes bien stupide ; il y a trois
mois que vous amassez ce schelling pour

aller aux marionnettes, et vous le donnez à cette misérable? Je puis me passer des marionnettes, dit Laure, et cette femme ne peut se passer de pain pour ses enfans. Vous êtes une sotte de la croire, lui dit Betsi ; peut-être a-t-elle plus d'argent que vous, et qu'elle se divertira avec votre schelling. Cela pourrait bien arriver, dit Laure ; mais, comme il se pourrait faire aussi qu'elle eût dit la vérité, j'aime mieux m'exposer à être trompée, que d'être barbare.

Le gentilhomme écoutait cela avec attention, et il dit aux deux sœurs : Ne disputez plus, mes belles filles, voilà chacune quatre guinées ; vous pourrez aller aux marionnettes tant que vous voudrez. Je vous suis bien obligée, dit Laure en faisant une grande révérence ; cependant, comme je n'ai pas besoin d'argent, permettez-moi de ne pas prendre le vôtre ; une fille sage ne doit jamais rien recevoir des hommes : si pourtant vous avez tant d'envie de me faire un présent, parce que

3

vous êtes généreux, donnez cet or à cette
pauvre femme ; je vous en aurai autant
d'obligation que si vous me l'aviez donné
à moi-même. En finissant ces mots, elle
s'en alla. Gardez-vous-en bien, dit Betsi ;
je vous avais bien dit que ma sœur était
une sotte. Qui a jamais vu donner quatre
guinées à une telle femme, pendant que
nous avons mille choses à acheter ? Tenez, monsieur, donnez-moi cet argent que
ma sœur refuse, et je donnerai mon schelling à cette femme.

Le gentilhomme lui dit : Vous aurez les
huit guinées ; mais cela ne m'empêchera
pas d'en donner quatre ; elles sont à votre
sœur, puisque je lui en avais fait présent ;
elle a été la maîtresse d'en disposer selon
son goût.

Quand Betsi fut partie, le gentilhomme
fit de grandes réflexions : Mon Dieu ! disait-il, pourquoi la cadette n'a-t-elle pas
le visage de l'aînée ? ou pourquoi l'aînée
n'a-t-elle pas le caractère de la cadette ?
Après tout, c'est une folie d'épouser un

visage; on doit se marier avec un caractère, cela reste. Si j'épousais Betsi, et
qu'elle eût la petite vérole le lendemain
de ses nôces, il ne me resterait rien du
tout.

Cependant Betsi courut vîte dire à son
père qu'elle allait devenir une grande
dame, puisqu'un lord lui avait promis de
l'épouser. D'abord son père se moqua
d'elle ; mais ayant vu les guinées, et sachant que ce seigneur devait revenir le
lendemain, il ne savait plus que penser.
Betsi courut vîte acheter des rubans, des
dentelles, et employa toutes les ouvrières
du village après elle. Le soir elle se para,
et fut aux marionnettes : car elle n'attendait son amant que le lendemain, et ne
voulait pas perdre une occasion de s'amuser. Pendant ce tems, ce gentilhomme ne
savait à quoi se déterminer. Les manières
de Betsi lui paraissaient hardies ; il voyait
qu'elle avait le cœur dur, intéressé ; et
pourtant elle était si belle, qu'il ne pouvait s'empêcher de l'excuser. Elle n'a

souhaité avoir de l'argent que pour s'ha-
biller mieux, afin de me plaire, disait-il;
car elle m'aime passionnément ; je l'ai vu
dans ses yeux. Ce gentilhomme avait un
valet, garçon d'esprit, et qui levait les
épaules de pitié, d'entendre son maître
parler ainsi tout seul. Qu'as-tu à rire, lui
dit le lord? J'ai plus envie de pleurer que
de rire, lui dit ce valet ; vous croyez que
cette petite pécore vous aime, et moi je
vous dis qu'elle n'aime que votre argent.
Prêtez-moi votre plus bel habit, je lui dirai que je suis un duc, et, quoique je sois
laid comme un monstre, je suis sûr qu'elle
aimera mieux m'épouser que vous. Je le
veux bien, dit le maître ; il n'y a que trois
milles d'ici à mon château : prends cet
habit brodé d'or, que j'avais le jour de la
naissance du roi, et reviens me trouver :
je t'attendrai dans cette caverne.

Pendant que l'on préparait cette mas-
carade, la pauvre Laure était dans une
grande peine. Elle avait trouvé le gentilhomme fort aimable, et elle l'aimait déjà

malgré elle, lorsque sa sœur lui apprit, en
la grondant bien fort, l'acte de générosité
qu'elle avait fait. Vraiment, lui dit-elle,
vous êtes bien plaisante d'être généreuse
du bien d'autrui : ces quatre guinées que
mon amant a données à cette femme, je
ne vous les pardonnerai jamais. Cette
connaissance de la charité du gentilhomme
acheva de gagner le cœur de Laure ; et,
comme elle avait peur de faire connaître
à cet homme qu'elle avait de l'inclination
pour lui, elle résolut de ne pas se trouver
à la maison quand il reviendrait. Elle fut
bien attrapée quand elle le vit arriver le
soir, et voulait se retirer. Le gentilhomme
était seul, parce que son valet, ayant appris que Betsi était aux marionnettes, y
était allé dans le carrosse de son maître.
Le gentilhomme pria le fermier d'ordonner
à Laure de lui tenir compagnie, en attend-
dant que sa sœur fût revenue, et elle fut
obligée d'obéir à son père. Il la pria de
lui dire les défauts de sa sœur ; et Laure,
au lieu de profiter de cette occasion pour

5.

le dégoûter de Betsi , lui dit au contraire
tout le bien qu'elle pouvait en dire sans
mentir, et s'attacha à excuser ses défauts.
Pendant ce tems , le faux duc jurait à
l'orgueilleuse paysanne qu'elle était la
plus belle personne du monde , et qu'il se
croirait trop heureux si elle voulait devenir
duchesse en l'épousant. Betsi , qui n'avait
fait semblant d'aimer son premier amant
que par ambition et par intérêt , pensa
qu'il était plus avantageux d'être duchesse, que simple lady, et dit au duc de
nouvelle fabrique qu'il fallait se hâter de
la demander à son père , avant qu'un certain gentilhomme de campagne eût fait
ses propositions. Le valet la ramena dans
le carrosse ; et, quoiqu'il fît très-froid,
elle baissa toutes les glaces pour être vue
de tous les gens du village. Elle fut fort
surprise de trouver son premier amant
chez son père ; et , quand il lui reprocha
son inconstance, elle lui dit qu'elle s'était
moquée de lui , et qu'elle ne l'avait jamais
aimé. Je vous laisse ma sœur pour vous.

consoler, lui dit-elle, en lui riant au nez
d'une manière insolente. Vous êtes de bon
conseil, lui dit le gentilhomme, et, si elle
veut y consentir, je me croirai fort heureux de l'obtenir de son père. Laure baissa
les yeux ; ce qui n'empêcha pas le gentilhomme de connaître qu'elle n'était pas
fâchée de l'épouser ; et le fermier, ayant
ordonné à cette cadette de regarder ce
gentilhomme comme un homme qui serait
son époux, elle lui fit connaître modeste-
ment, qu'elle estimait plus sa personne
que ses richesses. On signa le contrat de
mariage ; et ensuite le valet, reprenant
son habit de livrée, apprit à Betsi qu'il
s'était moqué d'elle. Elle en conçut un désespoir qui dura autant que sa vie : car
aucun homme ne voulut se charger d'une
telle femme, et elle devint vieille et laide,
sans pouvoir trouver à se marier ; au lieu
que sa sœur vécut très-heureuse avec son
mari.

ÉMILIE ET LA RAISON.

CONTE.

Il y avait une demoiselle nommée *Emilie*, qui, à vingt ans, était absolument maîtresse de ses volontés. Elle était de qualité; elle avait de grands biens, et sa beauté était si grande, qu'on ne pouvait la regarder sans admiration. Outre ces qualités, elle avait le cœur bon, et son esprit était supérieur à celui des personnes de son âge et de son sexe. Cependant plusieurs personnes croyaient qu'elle était sotte et méchante, parce qu'elle avait des défauts qui gâtaient son esprit et son cœur. Son orgueil était si grand, qu'elle croyait toujours avoir raison; et, quand on prenait la liberté de la contredire, elle se mettait dans une colère horrible, et accusait ceux qui ne pensaient pas comme elle de stupidité, d'entêtement et d'arrogance, comme si tout l'esprit du monde eût été renfermé dans sa tête.

Je vous ai dit qu'Emilie était riche; j'ajoute qu'elle était fort généreuse; elle faisait de grands présens aux personnes qu'elle aimait; mais elle n'aimait que celles qui étaient de son avis. Elle leur trouvait alors de l'esprit et du mérite. Il est vrai que si, après l'avoir louée et applaudie pendant une année, on hasardait de lui donner un petit conseil, on perdait sur-le-champ ses bonnes grâces. Elle avait une sœur, fille de son père, mais qui était d'une autre mère; elle se nommait *Eliante*. C'était une fille de bon sens, qui aimait véritablement Emilie, et qui ne pouvait souffrir que les flatteurs empoisonnassent son heureux naturel. Eliante n'était pas riche, parce que tout le bien était du côté de la mère d'Emilie; il est vrai que cette dernière qui, comme je l'ai dit, avait le cœur bon, ne la laissait manquer de rien ; elle l'avait même priée de venir demeurer avec elle. Les deux sœurs ne s'accommodèrent pas long-tems : cette Eliante était trop sincère pour conserver les bonnes grâces d'une personne à laquelle il ne fallait dire que ce qui lui plaisait.

Faites comme nous, disaient à Eliante les parens et les amis d'Emilie ; flattez votre sœur, puisque vous avez besoin d'elle, et que vous êtes sûre d'en tirer par-là tout ce que vous voudrez ; elle est assez sotte pour se croire parfaite, à la bonne heure ; sa folie ne fait mal qu'à elle : ayez la complaisance de vous y conformer.

J'en serais bien fâchée, répondit Eliante. J'aime trop ma sœur pour achever de la gâter. Cette bonne fille continuait donc à avertir Emilie de ses défauts ; ce qui impatienta si fort cette dernière, qu'après l'avoir beaucoup maltraitée, elle la chassa de la maison.

Un jour qu'Emilie était à la campagne,

elle vit un paysan qui maltraitait une
vieille femme, parce qu'en marchant
elle avait eu le malheur de casser un pot
plein de lait, qu'elle ne voyait pas, et
qui appartenait au paysan. Cette femme
protestait qu'elle ne l'avait pas fait exprès;
que c'était la faute de sa vue qui était
basse; qu'elle en était bien fâchée : rien
ne pouvait appaiser cet homme brutal
qui, loin de recevoir ses excuses, continuait à lui dire les injures les plus gros-
sières, et paraissait disposé à la battre.
Emilie qui était toujours équitable quand
il était question de choses qui n'intéres-
saient pas son orgueil, dit à ce brutal :
Pourquoi querellez-vous cette pauvre
vieille qui vous demande pardon? Elle
est fâchée d'avoir répandu votre lait ; il
faut le lui pardonner. Il n'y a rien de si
vilain que de gronder les gens pour une
chose qu'ils ont faite sans le vouloir et
par accident, sur-tout si cette chose ne
peut se réparer. Tenez, voilà un écu pour
payer votre pot et votre lait ; qu'il n'en

soit plus parlé, vous me ferez plaisir.

La bonne vieille remercia Emilie de sa charité, et celle-ci lui fit plusieurs questions sur son âge et sur sa situation; car elle en avait pitié, parce qu'elle lui paraissait extrêmement pauvre. Pendant que la vieille lui répondit, elle eut le malheur de marcher sur la patte d'un petit chien qu'Emilie aimait beaucoup. Aussitôt l'animal jette de grands cris, et se sauve dans les bras de sa maîtresse qui, touchée jusqu'aux larmes, se mit dans une colère étrange; et maltraita la vieille encore plus que le paysan. Cette pauvre femme, toute tremblante, lui disait : je vous demande pardon, mademoiselle, je ne l'ai pas fait exprès. Emilie, au lieu d'être touchée de la douleur qu'elle lui témoignait, leva la main pour la frapper; mais, dans le même moment, la vieille changea de figure, et parut aux yeux d'Emilie sous la forme d'une dame qui avait l'air très-majestueux, et qui, la regardant d'un air moqueur, lui répéta les mêmes paroles qu'elle avait dites au paysan.

Rien n'est si vilain, disiez-vous, il n'y a qu'un moment, que de quereller une personne qui demande excuse d'une faute qu'elle a commise par accident, et sans dessein d'offenser, sur-tout quand le mal est irréparable. Que ceci vous ouvre les yeux, continua la dame. Vos passions, auxquelles vous vous êtes abandonnée, troublent votre raison, qui naturellement est droite. Elles vous rendent injuste, capricieuse, méchante et sotte, quoique vous ayez reçu du ciel un excellent caractère, qui paraîtra tel aussitôt que vous travaillerez sérieusement à régler vos passions.

Ah ! madame, dit Emilie, êtes-vous un ange ? êtes - vous un génie bienfaisant envoyé pour m'ouvrir les yeux ? Je ne suis ni un ange, ni une fée, répliqua la dame. On m'appelle *la Raison*. J'étais destinée à régner sur tous les hommes, et s'ils eussent voulu rester sous mon em-

pire , je les aurais conduits au bonheur ;
mais les passions déréglées qui sont mes
mortelles ennemies , m'ont disputé mon
pouvoir , et elles sont parvenues à me
chasser du cœur de la plus grande partie
des hommes. Forcée de m'exiler dans
mon royaume , je ne règne plus que sur
le petit nombre. Voulez-vous augmenter
mon empire , et devenir une de mes su-
jettes ?

De tout mon cœur , reprit Emilie ; mais
j'ai bien peur que mes passions ne l'em-
portent. Elles font un si grand bruit , qu'il
me sera guère possible d'entendre votre voix. Je parle bien haut , reprit la
Raison ; mais , comme vous le dites fort
bien , les passions font un grand vacarme :
il faut remédier à cet inconvénient. Vous
trouverez dans votre cabinet un miroir
qu'on nomme *réflexion ;* toutes les fois
que vous voudrez connaître la situation
de votre ame , en découvrir les maladies,
et en trouver les remèdes , vous n'aurez
qu'à entrer dans ce cabinet. Vous en fer-

merez soigneusement la porte , et vous
vous regarderez attentivement dans ce
miroir. Je suis sûre que vous ne le ferez
pas long-tems , sans être excitée à faire
les plus grands efforts pour vous corriger.

La Raison disparut en prononçant ces
derniers mots ; et Emilie , sans perdre un
moment , retourna chez elle , et courut se
renfermer dans son cabinet. Elle y trouva
le miroir dont la Raison lui avait parlé ;
mais la glace en était si trouble qu'elle ne
put y rien distinguer. Elle se souvint alors
qu'on lui avait recommandé de fermer la
porte de son cabinet , elle obéit , et commença à voir quelque chose de confus
dans la glace , sans pourtant pouvoir bien
connaître ce que c'était. Elle fut tentée
alors de tout abandonner ; toutefois, elle
réprima ce mouvement, et résolut de ne
point sortir de ce lieu sans découvrir ce
que la Raison avait promis de lui faire
voir. Elle s'assit donc tranquillement , fit
tous ses efforts pour vider son esprit des
pensées inutiles , afin de ne s'occuper qu'à

regarder dans le miroir. Tout d'un coup elle y découvrit un monstre, dont la vue faillit à la faire mourir de frayeur.

Voilà votre image, lui dit une voix qu'elle reconnut pour celle de la Raison. Vous croyez peut-être qu'elle la remercia de l'avertissement, point du tout ; au contraire, elle fut si piquée de la comparaison qu'on faisait d'elle à ce monstre, que, transportée de colère, elle se leva pour casser la glace maudite qui lui offrait un si vilain tableau. La même voix lui dit en criant bien fort : pourquoi vous en prendre à cette glace ? Ce n'est pas elle qui donne à votre ame la figure que vous y voyez ; c'est votre ame qui se peint dans ce miroir. Quand vous le casserez, il n'en sera ni plus ni moins. Si vous avez du bon sens, vous ne travaillerez qu'à effacer ce portrait qui vous choque, vous n'avez qu'à vous corriger.

Effectivement, dit Emilie, je n'ai d'autre parti à prendre qu'à suivre le conseil de la Raison. Voilà qui est fait, je veux

modérer mes passions : j'aurai sans doute
beaucoup de peine à y réussir ; mais on
peut venir à bout des choses les plus dif-
ficiles , avec le secours de la Raison.

Pendant qu'Emilie était dans son cabinet, un domestique frappa à la porte,
et lui annonça la visite d'une de ses tantes.
C'était une dame de cinquante ans, assez
bonne femme ; mais si capricieuse qu'elle
en était insupportable. Elle changeait
d'avis à tout moment , et pour vivre en
paix avec elle, il eût fallu n'avoir pas
une volonté à soi, et se servir de la
sienne ; aussi tout le monde la fuyait-il :
elle lassait la patience de ses domestiques , et était réduite à vivre toute seule.
Emilie quitta son cabinet pour la recevoir ; et sa tante , après l'avoir embras-
sée , lui dit qu'elle venait lui dire adieu ,
parce qu'elle allait passer quelques mois
à la campagne. Dans le moment, Emilie
entendit la voix de la Raison , qui lui disait : voilà une belle occasion de vous
corriger ; si vous aviez le courage de sui-

vre cette femme à la campagne , il faudrait à tout moment renoncer à votre volonté pour suivre la sienne.

Emilie frémit à cette proposition; mais
comme elle avait un grand courage, elle
surmonta sur-le-champ sa répugnance ,
et dit à sa tante : j'ai besoin de prendre
l'air ; je vous serais bien obligée , si vous
vouliez me permettre de vous accompa-
gner. La bonne femme fut ravie de cette
proposition, et demanda à sa nièce comment elle voulait faire ce voyage?
Comme vous le voudrez, répondit Emilie. Oh ! dit la tante , cela m'est absolument indifférent, vous n'avez qu'à choisir , ma chère nièce, demain à huit
heures je viendrai vous prendre. Puisque
vous n'avez rien décidé sur nos voitures ,
dit Emilie , si vous le voulez, nous irons
à cheval. Je suis charmée de votre goût,
dit la tante , je ne trouve rien de plus ridicule que de s'enfermer dans une chaise
de poste, où l'on étouffe , et où l'on est
secoué depuis la tête jusqu'aux pieds.

Voilà qui est fini, nous irons à cheval.

Quand la bonne femme fut partie, Emilie trembla, en pensant à l'ennui qu'elle allait éprouver avec cette tante. Elle se remit pourtant, et dit en elle-même : puisque j'ai dessein de me corriger, il faut le faire de la bonne manière, et une fois pour toutes. Je vais passer trois mois dans une école de patience, il est vrai ; mais je serai trop récompensée, si j'en puis revenir plus douce, et moins attachée à ma propre volonté. Elle entra dans son cabinet en finissant ce petit raisonnement. Quelle fut sa surprise et sa joie en jetant les yeux sur son miroir, de voir que son ame était déjà changée. Presque tous les traits du monstre avaient disparu. La Raison lui dit alors : on est à demi corrigé, quand on a pris une ferme résolution de travailler à ce grand ouvrage.

Emilie ne pensa plus qu'aux préparatifs de son voyage. Elle n'avait pas d'habit pour monter à cheval ; mais elle savait que son tailleur était accoutumé à ses

caprices,

caprices , et qu'il quitterait tout pour la satisfaire. Elle l'envoya donc chercher , et lui dit :

Il me faut un habit de cheval pour demain à six heures ; je sais qu'il est huit heures du soir ; ainsi , il faudra y travailler toute la nuit, car je veux l'avoir absolument. Souvenez-vous de plus qu'il me le faut magnifique et galant , n'é-pargnez pas ma bourse ; je ne dirai rien du prix , pourvu, qu'il soit beau. Cela suffit , madame , reprit le tailleur , vous serez satisfaite ; et il était fort content lui-même quand Emilie avait des fantai-sies , parce qu'il savait qu'elle ne regret-tait pas l'argent dans ces occasions , elle payait le mémoire sans le lire , et il avait coutume alors de lui demander vingt gui-nées , pour une chose qui n'en valait que dix. Emilie ne put dormir toute la nuit, le desir de voir son habit, lui avait agité le sang. Le tailleur était à sa porte à cinq heures du matin ; mais, par le plus grand malheur du monde, cet homme qui sa-

vait sa taille par cœur, avait pourtant si
mal coupé cet habit, qu'il faisait des gri-
maces de tous les côtés. Le premier mouvement d'Emilie fut de battre l'homme,
et de déchirer l'habit. Dans le moment,
elle entendit la Raison qui criait à tue
tête : si vous vous mettez en colère, vous
gâterez votre ame, sans raccommoder
votre habit. Si la Raison n'avait pas crié
bien haut, Emilie ne l'eût point enten-
due ; car la colère et le dépit faisaient
chez elle un bruit épouvantable. Elle les
fit taire, et Emilie dit en elle-même :
j'allais faire une grande folie qui ne
m'aurait servi de rien : il faut l'éviter. En
même tems, elle s'assit, baissa les yeux,
et resta quelque tems comme une statue,
parce qu'elle s'occupait à modérer ses
mouvemens. Lorsqu'elle se sentit plus
tranquille, elle dit au tailleur d'une voix
douce : mon cher monsieur, il y a encore trois heures jusqu'à huit, où je dois
monter à cheval, croyez-vous pouvoir
raccommoder cet habit ? Le tailleur qui

tremblait de crainte, et qui s'attendait à
être battu, fut bien surpris de voir Emilie
si tranquille. Mademoiselle, lui dit-il,
dans deux heures, je serai de retour, et
vous aurez sùjet d'être contente.

Aussitôt que cet homme fut sorti, elle
courut à son miroir. Le changement
qu'elle remarqua en elle, l'encouragea à
continuer; elle remercia le ciel de la
grâce qu'elle en avait reçue pour se vaincre : et, quoiqu'elle se fût fait fête de mettre cet habit, elle prit une ferme résolution de rester tranquille, quand même il
serait gâté tout-à-fait. Le tailleur revint
deux heures après, l'habit allait à merveille, et Emilie, en attendant sa tante,
se promenait en long et en large dans une
chambre remplie de miroirs, pour se voir
de tous les côtés. Elle en eut tout le tems,
car la tante n'arriva qu'à dix heures, ce
qui procura une nouvelle victoire à Emilie, qui mourait d'envie de s'impatienter,
et qui n'en fit rien.

La tante avait un habit de cheval qui,

2

étant fait dès l'année précédente , était
déjà un peu sale ; il parut horrible à côté
de celui d'Emilie ; et la bonne femme en
eut tant de dépit , qu'elle était prête à en
pleurer ; et, comme elle ne pouvait se résoudre à sortir avec cet habit là, elle dit
à Emilie : en vérité, ma chère nièce, il
fait une chaleur insupportable ; il n'y a
pas moyen d'aller à cheval, le soleil me
donnerait un grand mal de tête ; ainsi, je
vais me déshabiller, et j'irai dans ma
chaise de poste.

Emilie conçut fort bien la véritable raison du changement de sa tante , et la
Raison lui dit : pourquoi donnerais-tu du
chagrin à cette pauvre femme ? Il est
vrai qu'elle est une sotte d'être jalouse de
ton habit ; mais n'es-tu pas plus sotte
qu'elle d'avoir obligé plusieurs hommes à
travailler toute la nuit pour satisfaire la
fantaisie que tu avais de l'avoir. L'intérêt
les a forcés à faire le sacrifice de leur
sommeil à ton caprice : la vertu ne pour-
ra-t-elle pas t'obliger à sacrifier ton habit

à la jalousie de ta tante ? tu peux la rendre heureuse, à peu de frais.

Emilie, docile à la voix de la Raison, dit à sa tante : je vais me déshabiller aussi pendant que j'enverrai chercher votre chaise de poste. Aussi bien, depuis un moment, je n'aime plus tant mon habit, qui me paraissait si joli ce matin. La couleur du vôtre irait peut-être mieux à mon visage. Je voudrais que le mien vous convînt, je vous proposerais de faire un troc. Essayez-le, nos tailles sont semblables, et je crois qu'il vous ira à merveille. La tante consentit de bon cœur à cette proposition, et, quand elles furent habillées, Emilie lui dit : oh! pour cela, vous garderez cet habit qui semble fait pour vous. Vous perdriez au change, dit la tante ; cependant, je le veux bien, si cela vous fait plaisir. Assurément, reprit Emilie, c'est une chose conclue, ne pensons plus qu'à déjeûner. La chaise de poste arriva pendant ce tems, et la tante qui brûlait d'envie d'être vue avec ce bel

3

habit, dit à Emilie : ma nièce, il me
semble que le tems est couvert, et qu'il
fait un vent qui a rafraichi l'air : ce vent
nous étouffera de poussière dans la chaise,
puisque nos chevaux sont prêts, ne fe-
rions-nous pas mieux de nous en servir ?
De tout mon cœur, dit Emilie, qui n'en
pouvait plus d'impatience, mais qui se
contraignit si bien que sa tante n'en vit
rien.

Pendant le voyage , Emilie comparait
la paix, la joie, la tranquillité dont elle
jouissait, avec la peine qu'elle avait eue
à se réprimer, et elle n'y trouvait nulle
comparaison. J'ai été bien dupe jusqu'à
présent , disait-elle en elle-même ; je faisais consister mon bonheur à voir tout ce
qui m'environnait se plier à mes goûts :
je sens qu'il y a beaucoup plus de satis-
faction à sacrifier quelque chose pour les
autres. On est heureux de leur bonheur,
et ce sont deux plaisirs au lieu d'un.

Emilie , arrivée à la campagne, sou-
tint courageusement la résolution qu'elle

avait prise, de ne contrarier jamais sa capricieuse tante. Vous jugez, parce que je vous ai déjà dit, de ce qu'elle eut à souffrir pendant un tems si considérable. Il est pourtant vrai qu'il n'y eut que le premier mois de pénible; on s'accoutume à tout; et quand elle revint à la ville, elle fut tentée de croire que sa bonne tante s'était corrigée, tant elle était peu sensible à ses contradictions; elle ne les apercevait presque plus.

La première chose qu'elle fit en arrivant chez elle, fut de courir à son cabinet pour se voir dans le *miroir de la réflexion*. Quelle fut sa joie! le monstre avait disparu, et son ame était d'une beauté éblouissante. Au même moment, *la Raison* lui apparut sous la forme où elle s'était offerte à ses yeux, et lui dit : Émilie, quand on profite des premières grâces, on mérite d'en recevoir de nouvelles. Je viens pour vous faire présent d'une bague qui doit assurer votre repos. Quand vous l'aurez au doigt, toutes les personnes

4

avec lesquelles vous vous trouverez, seront
forcées de vous parler selon leurs pensées,
et de vous découvrir le fond de leur cœur.
Mais, comme cette bague ne peut servir
que deux fois, gardez-la soigneusement
pour vous en servir dans les plus importantes affaires de votre vie. En finissant
ces mots, la Raison disparut; c'est-à-dire
qu'Emilie ne la vit plus sous une forme
sensible; mais elle sentit qu'elle s'était retirée au fond de son cœur, ce qui lui
donna beaucoup de joie. Mais la bague ne
laissa pas de lui causer une assez grande
inquiétude; elle lui devait servir dans les
deux affaires les plus importantes de sa
vie; on ne lui avait pas dit qui elles
étaient. A la fin, elle pensa qu'il n'y avait
rien d'aussi grande conséquence pour elle,
que de choisir des amis sincères, et un
mari honnête homme; ainsi elle réserva
sa bague pour ces deux occasions.

Quelque tems après, elle tomba dangereusement malade; et, comme elle fut réduite à la dernière extrémité, elle fit son

testament. Sa jeunesse et son bon tempérament la sauvèrent ; et, lorsqu'elle fut
entièrement rétablie, elle assembla toute
sa famille et ses amis pour leur donner un
grand dîner. Tout le monde lui marquait
sa joie de son heureux rétablissement ; et
les complimens qu'on lui faisait à cet égard
paraissaient si sincères, qu'elle fut tentée
de se réjouir d'avoir un si grand nombre
de vrais amis. Tout d'un coup il lui vint
en pensée qu'elle ne pouvait trouver une
meilleure occasion de faire usage de sa
bague, puisqu'elle pouvait lui faire connaître si la tendresse que ses parens et ses
amis lui témoignaient, était réelle. Elle la
mit donc à son doigt ; et, dans le même
moment, une de ses cousines qui l'acca-
blait de caresses, changeant tout-à-coup
de visage, lui dit : Si tu avais valu quelque chose, tu serais crevée ; je l'espérais
bien, et j'attendais le moment de ta mort
avec impatience, pour devenir la maîtresse de tes girondoles de diamans que
tu me laissais par ton testament.

5

Etes-vous folle, ma fille, dit la mère
de celle qui venait de parler? a-t-on jamais dit de telles sottises aux gens? J'a-
vais plus d'envie que vous qu'elle fût
crevée, puisque sa mort me remettait en
possession d'une belle terre que son père a
volée au mien, et qu'elle me laissait sans
doute à titre de restitution; mais je me
contente de le penser, et, en mille ans, je
ne m'aviserais pas de le dire.

Pour moi, dit un autre, je lui ai souhaité la mort, mais ce n'était pas par intérêt; elle y avait mis bon ordre : c'était
par vengeance. Imaginez-vous que, depuis deux mois, j'encense cette péronelle ;
j'ai eu la complaisance d'applaudir à
toutes les impertinences qu'elle disait; je
me suis fait la martyre de ses volontés les
plus fantasques, dans l'espérance d'en tirer quelque chose : cependant elle ne me
laissait que cent pistoles. Savez-vous bien
que, si on comptait exactement, il n'y
aurait pas un sou pour chaque mensonge
que j'ai fait en la louant.

Je ne finirais pas si je vous racontais tous
les discours de ces faux amis ; qu'il vous
suffise de savoir qu'Emilie fut convaincue
que tous ces gens à belles démonstrations
s'étaient moqués d'elle, ou que, tout au
plus, ils ne l'avaient aimée que par
intérêt.

Il ne restait plus que la tante avec
laquelle Emilie avait été à la campagne,
et sa belle-sœur Eliante. Pour moi, dit la
première, la bague que ma nièce me laissait ne m'eût pas consolée de sa mort;
c'est une bonne enfant, qui a eu mille
complaisances pour moi. Elle m'a même
fait présent de son habit de cheval, parce
qu'elle voyait que j'avais une vraie jalousie de ce qu'elle était mieux mise que
moi, et elle eut la générosité de ne pas
faire semblant de s'en apercevoir. Ces
choses là ne s'oublient point, et gagnent
le cœur ; elle s'est tellement emparée du
mien par ce bon procédé, que je lui laisse
tout mon bien par mon testament, et je
souhaite bien sincèrement qu'elle en jouisse

6

long-tems. Il est vrai que je veux tenir la
chose secrète. Chacune de mes nièces
croit être mon héritière, et, par cet espoir, elles me sont soumises, et ont mille
complaisances pour moi, dont je me mo-
que, parce que je connais leur intention.
Elles seront bien attrapées à ma mort; je
souhaiterais de ressusciter seulement pour
vingt-quatre heures, afin de pouvoir me
divertir de la grimace qu'elles feront.

Hélas! dit Éliante, je vous sais bon gré,
ma chère tante, de vous être attachée à
Émilie; je vous assure qu'elle le mérite
dans le fond, quoiqu'elle soit fort imper-
tinente. Ses vices ont été nourris par toutes
ces pécores que vous voyez ici; ce sont
elles qui m'ont brouillée avec cette chère
sœur que j'aime plus que ma vie. Je l'aurais donnée de bon cœur pour sauver la
sienne, quoiqu'elle m'eût donné la moitié
de son bien. J'y renonce de bon cœur, et
je sacrifierais même le peu que je possède,
pour qu'elle pût payer mon attachement
de son amitié; mais j'aurais beau faire,

elle ne m'aimera jamais, parce que je ne pourrai jamais me résoudre à la flatter.

Emilie se leva, et courut embrasser sa sœur et sa tante avec transport. Elle allait leur témoigner combien elle était sensible aux sentimens qu'elles avaient pour elle, lorsqu'une femme-de-chambre, qui avait besoin de quelque chose dans la chambre, y entra; et, ne pouvant se défendre de la vertu de la bague, elle dit à sa maîtresse: Mademoiselle, je vous fais compliment sur votre convalescence : c'est de bon cœur, au moins. Si cela fut arrivé, il y a six mois, c'eût été toute autre chose; je vous souhaitais alors six pieds sous terre, car vous étiez méchante comme un démon. Aujourd'hui vous êtes devenue si bonne et si douce, que nous avons pleuré votre perte, depuis moi jusqu'au plus petit laquais.

Il est tems de finir cette scène, dit Emilie, en remettant sa bague dans sa poche; je sais à présent à quoi m'en tenir sur le chapitre de mes amis. Aussitôt que cette bague fatale fut resserrée, toute la compagnie se trouva dans une confusion inexprimable. Chacun était surpris des extravagantes vérités qu'il avait dites, et de celles qu'avaient dites les autres ; enfin, ne pouvant supporter la vue d'Emilie, ils sortirent, l'un après l'autre, sans oser prononcer un seul mot.

Emilie s'était trop bien trouvée de sa bague, pour n'en pas vouloir faire une seconde expérience. Elle avait un grand nombre d'amans, qui tous aspiraient au bonheur de l'épouser, et qui lui paraissaient également tendres, aimables et vertueux ; cela rendait le choix fort difficile. Elle les rassembla tous un jour, et elle voulut aussi que le plus grand nombre des personnes, avec lesquelles elle était en liaison, s'y trouvassent. Elle était bien aise, en choisissant un époux, d'éprouver si ceux qu'elle avait jusqu'à ce jour appelés ses amis, pensaient aussi mal sur son compte que ses parens. On se divertit beaucoup, et, sur la fin du jour, Emilie résolut enfin de commencer son épreuve.

Le premier qui en ressentit le pouvoir, fut un jeune marquis de la plus belle figure qu'on puisse imaginer. Belle Emilie, lui dit-il, savez-vous bien que je commence à m'impatienter de la comédie que je joue auprès de vous ! Il y a six mois que j'amuse mes créanciers de l'espérance de notre mariage ; ils comptent sur votre argent pour être payés : déterminez-vous donc ; il n'est pas honnête de les faire attendre si long-tems, et vous me devez quelque reconnaissance, pour m'être assujetti, depuis un an, à remplir le rôle d'amoureux transi. Un oui ou un non, s'il vous plaît, afin que je puisse prendre un parti, et chercher une autre dupe, si vous ne voulez pas être la mienne ; je suis, Dieu merci, d'une figure à n'en pas manquer.

Je vous souhaite bonne chance, dit Emilie en riant ; et vous, chevalier, souhaitez-vous aussi de m'épouser pour avoir de quoi payer vos dettes ?

Tout au contraire, répondit le chevalier ; le seul nom d'un créancier me donne
la fièvre, et je hais mortellement les dettes.
C'est pour cela que je file le parfait amour
auprès de vous ; car enfin j'aime la dépense, les grands airs, et je suis le plus
gueux des cadets de Gascogne. Vous
voyez bien qu'il ne m'est pas possible d'accorder ma répugnance pour les dettes, et
mon goût pour le faste, à moins que je
n'épouse une riche héritière. Mon bonheur
veut que je la trouve en vous, qui joignez
à une grande fortune une figure passable ;
j'ai donc raison de vous presser de me
donner la préférence sur ces messieurs,
qui n'ont pas de si bonnes raisons de vouloir vous épouser que moi.

A peine celui-là eut-il fini de parler,
qu'un jeune magistrat, nommé *Oronte*,
prit la parole. Le cœur d'Emilie battit
alors avec violence ; c'était de tous ses
adorateurs celui auquel elle eût donné la
préférence, si elle n'eût écouté que son
penchant, et elle tremblait qu'il n'eût, en

la recherchant, des motifs aussi indignes que les autres.

Belle Emilie, lui dit-il, d'un air tendre et respectueux, si mon cœur eût été libre, lorsque je vous vis pour la première fois, il vous eût sans doute adorée ; mais j'en avais disposé avant de vous connaître. L'amour le plus tendre et le plus constant m'attache à votre sœur Eliante ; elle répond à ma tendresse, et la mort seule sera capable de briser les nœuds qui nous unissent.

Et pourquoi, lui dit Emilie un peu émue, feigniez-vous de vouloir m'épouser, puisque vous aimez ma sœur ?

Pardonnez cette feinte à un amant réduit au désespoir, répondit-il. Un père barbare m'a contraint à vous adresser mes vœux ; j'ai toujours espéré que mon peu de mérite, et le peu de vivacité de mes sentimens, vous porteraient à me donner l'exclusion. J'ai feint, parce que, voulant lui cacher l'objet de ma tendresse, et ne pouvant me priver de la vue d'Eliante, il

ne me restait d'autre lieu, où je la puisse
voir, que chez vous.

As-tu le sens commun ? dit le père de ce
jeune homme en l'interrompant. Tu pos-
sèdes déjà de grands biens, et, loin de
chercher à les doubler, en épousant une
femme riche, tu t'avises de sacrifier ta
fortune à une figure qui te plaît aujour-
d'hui, et qui te déplaira sûrement six mois
après la nôce, parce que tu te rappelleras
alors la sottise qu'elle t'aura fait faire.
Pour être heureux dans la vie, apprends
qu'il ne faut que beaucoup d'argent ; avec
cela on achète des plaisirs, des honneurs,
de la réputation et du mérite.

Mais, monsieur, dit Emilie, je ne suis
pas plus riche que ma sœur Eliante, et
mon dessein est de partager ma fortune
avec elle, si vous voulez donner votre consentement à son mariage avec votre fils.
J'acheterai volontiers à ce prix le bonheur de ma sœur, et d'un homme que je
me croirai trop fortunée d'avoir pour ami.
Je me trompe fort, ou ce n'est point la

beauté de ma sœur qui a fait naître chez lui le violent amour dont il brûle pour elle.

Vous me rendez justice, répondit le jeune magistrat; ce sont les vertus d'Eliante qui m'engageraient à préférer sa main à celle d'une grande reine.

Discours de roman, répondit le père; mais enfin, puisqu'Emilie est assez dupe pour se dépouiller à moitié en faveur de ce mariage, je veux bien que tu profites de sa sottise en épousant ta princesse. Je serais encore plus content si Emilie voulait nous promettre de ne point se marier, et te déclarer héritier de la moitié qu'elle se réserve.

Je m'y oppose, dit un homme de trente ans qui avait une fort belle physionomie, mais dont l'air était froid et réservé. Emilie, si vous voulez accepter ma main, nous ferons ces deux mariages ensemble.

Voilà du fruit nouveau, dit Emilie. Il y a cinq ans que nous nous connaissons, et je ne vous ai jamais remarqué aucun em-

pressement pour moi ; vous m'avez même
sollicité , il n'y a pas long-tems , en faveur
de celui qui va devenir l'époux d'Eliante.

Emilie , répondit ce cavalier , je vais
vous faire un mauvais compliment ; j'en
suis bien fâché ! mais , foi d'homme d'honneur , je ne saurais m'en empêcher ; mon
cœur vient , malgré moi , sur mes lèvres.

Vous êtes belle , et vous le savez bien ;
vous n'ignorez pas non plus que vous avez
tout ce qu'il faut pour faire une fille accomplie : je connus tout cela au moment où je
vous vis pour la première fois , et je devins
amoureux de vous jusqu'à la folie. Heureusement pour moi , je me suis habitué
dès ma jeunesse à consulter ma raison,
plutôt que mes goûts , et voici ce qu'elle
me dit : Emilie est , sans contredit , une fille
aimable ; cela suffirait pour une maîtresse, il faut autre chose pour une épouse ;
et l'on a besoin pour cela d'une personne
estimable. Emilie l'est-elle ? tu n'en sais
rien ; il faut donc l'examiner, et, en attendant, cacher soigneusement ton amour ;

car, si elle pouvait le soupçonner, elle se contraindrait peut-être, et éviterait de se montrer telle qu'elle est.

Voilà ce que me dit la Raison, et je suivis son conseil. Vous ne gaguâtes pas à cet examen; je vous trouvai coquette, capricieuse, orgueilleuse, opiniâtre. Ces belles découvertes étouffèrent mon amour: cependant il me resta pour vous un goût que je ne pus vaincre; je souhaitais passionnément de devenir votre ami, et de gagner votre confiance pour être en état de vous ouvrir les yeux sur vos défauts. Vous savez que je l'essayai, et vous devez vous souvenir que je fus fort mal reçu. Il fallut donc renoncer à mon projet. Je vous vis plus rarement, et je parvins enfin à vous arracher absolument de mon cœur. Il est vrai pourtant que je continuai à m'intéresser pour vous; j'eus de la joie de la recherche d'Oronte, parce que je pensais qu'un honnête homme parviendrait peut-être à vous guérir de vos travers, et ce fut à ce dessein que je vous vis

plus souvent qu'à l'ordinaire. Vous fûtes
à la campagne, et je fus bien surpris à
votre retour. La modestie, la douceur, la
modération, et mille autres bonnes qualités avaient pris la place de vos défauts :
aussitôt voilà mon cœur qui s'agite, et
qui reprend ses anciens sentimens : je ne
vous les déclarai pourtant pas ; je voulais m'assurer de la réalité de votre changement, par sa durée. Chaque jour vous
m'avez paru plus estimable ; et la belle
action que vous venez de faire, par rapport à votre sœur, vient de me convaincre
que vous avez l'ame aussi belle que le
corps ; car enfin, vous aviez du goût pour
Oronte ; je m'en étais fort bien aperçu ;
vous l'avez sacrifié sans balancer un moment, et, quand on est capable d'un tel
effort, on l'est de tout.

Je vais répondre à votre franchise, dit
Emilie : je ne vous ai jamais aimé ; mais
vous êtes de tous les hommes celui que
j'estime le plus, et que je choisirai le
plus volontiers pour ami ; et, comme

je suis intimement persuadée que le plus
grand bonheur de la vie consiste à passer
ses jours avec un ami, je vous épouse.

Aussitôt, Emilie qui savait que la vertu
de sa bague était perdue, la jeta dans le
feu. Ses amans confus se retirèrent, et il
ne resta que ceux qui n'avaient point à
rougir des sentimens qu'ils avaient décla-
rés. Le père d'Oronte demeura pourtant;
la bague n'avait point forcé sa langue à
déclarer les sentimens de son cœur, il
était adorateur public de la fortune, et
continua après que la bague fut brûlée à
soutenir que, pour faire un bon mariage,
il fallait trouver beaucoup d'argent, et
ne s'embarrasser que de cela. Les quatre
amans le laissèrent dire, parce qu'il eût
été inutile de tenter de le désabuser. Leurs
mariages s'accomplirent bientôt, et leur
bonheur ne fut troublé d'aucun nuage
pendant un long espace de tems qu'ils
vécurent ensemble.

MARIANNE

~~~~~~~~~~~~~~~~~~~~~~~~~~

MARIANNE,

ou

En quoi consiste le bonheur.

CONTE.

~~~~~~~~~~~~~~~~~~

Il y avait une dame de qualité qui était fort riche : elle avait un fort bon caractère naturellement ; mais elle l'avait gâté par un défaut : elle était scrupuleuse, c'est-à-dire, qu'elle croyait toujours qu'il y avait du péché dans les choses les plus innocentes : elle faisait tourner la tête à tous ses domestiques. Les divertissemens les plus simples étaient des crimes ; on n'osait ni rire ni chanter en sa présence. Elle n'avait qu'une fille unique, nommée *Marianne*, qu'elle aimait

2 3

beaucoup, et elle la tourmentait à mesure qu'elle l'aimait. La pauvre enfant
était obligée de cacher perpétuellement
ses goûts ; car sa mère se croyait obligée
en conscience de la contrarier depuis le
matin jusqu'au soir. Elle ne lui permet-
tait aucun amusement, et Marianne,
pour se désennuyer, s'amusait à les souhaiter avec fureur. Lorsqu'elle eut quinze
ans, sa mère lui déclara qu'elle allait la
marier à un homme fort riche ; il est vrai,
dit-elle, qu'il n'est pas jeune ; mais c'est
un homme d'une piété éminente ; à votre
âge, on a besoin d'un guide plutôt que
d'un mari, et le marquis auquel je vous
ai promise, vivant dans la retraite, aura
tout le tems de vous prémunir contre les
dangers du grand monde. Marianne, accoutumée à obéir sans réplique, fit une
profonde révérence ; et le lendemain on lui
présenta son époux qui, à la vérité,
n'avait que soixante ans ; mais qui avait
plus de gouttes, de rhumes et de mauvaise humeur, que s'il eût eu cent ans

passés. A peine, eut-elle épousé ce beau mari, qu'il la conduisit au fond d'une province, et l'enferma avec lui dans un triste château qui devait avoir été bâti du tems de *Clovis*, tant il était antique. Tous les amusemens de la marquise, dans ce charmant séjour, se bornaient à être la garde de son mari, à écouter les longs discours qu'il lui faisait sur la corruption du siècle, et qui n'étaient interrompus que par des accès de toux qui duraient trois heures. Marianne perdit sa mère la première année de son mariage, et cette mère lui laissa de grands biens : son mari lui avait donné tous les siens par son contrat de mariage ; ainsi, elle devait être un jour prodigieusement riche. Ce jour arriva, lorsqu'elle n'avait que dix-huit ans ; et notre marquise passa l'année de son veuvage à imaginer ce qu'elle pourrait faire pour réparer tout le tems perdu. Elle avait senti le besoin d'être heureuse, avec beaucoup plus de vivacité que le reste des hommes, et elle

vint à Paris, dans la résolution de chercher le bonheur qu'elle mourait d'envie de
rencontrer ; mais elle fit une grande faute,
parce qu'elle n'avait pas une bonne pour
la conduire, c'est qu'elle ne pensa pas à
demander ce que c'était que le bonheur,
et où il fallait le chercher. Elle voyait que
tous ceux qu'elle connaissait voulaient
être heureux, et que, pour le devenir, ils
se livraient au jeu, aux spectacles, aux
grandes compagnies, aux festins. Elle
crut bonnement que le bonheur consistait
en toutes ces choses, puisque tant de
gens d'esprit le cherchaient là. Elle se li-
vra de bon cœur à suivre leur exemple.
Les premiers jours, elle ne se sentait pas
d'aise ; elle dévorait les plaisirs avec fureur. Au bout de quelque tems, elle s'y
accoutuma, et ils commencèrent à l'en-
nuyer. Le bal lui paraissait un amusement puéril, qui n'était propre qu'à
détruire la santé, aussi bien que les festins. Les conversations étaient sottes, ou
malhonnêtes, ou médisantes. Le jeu,

selon elle, était une fureur contraire à
l'humanité, puisqu'on ne pouvait s'y réjouir que des pertes des autres. Est-ce
donc là ce bonheur que j'ai tant souhaité,
disait-elle ?, mon cœur est-il content ?
Non, sans doute, il est fatigué de tout
ce-ci; il en sera bientôt tout-à-fait dégoûté. La marquise avait deviné; les
plaisirs lui devinrent insupportables
parce qu'ils ne lui donnaient pas le bonheur, après lequel elle courait. Un jour
qu'elle était dans une assemblée où elle
s'ennuyait beaucoup, elle vit entrer un
cavalier extrêmement aimable. Le cœur
lui battit sans savoir pourquoi, lorsqu'elle
vit ce cavalier; elle demanda avec empressement à la maîtresse de la maison,
qui il était. Cette dame lui apprit que
c'était un cadet d'une grande maison,
qui, n'ayant pas de fortune, s'était fait
chevalier de Malte, où il devait aller
bientôt pour faire ses vœux. Ce serait bien
dommage, dit la marquise en elle-même;
la fortune est bien aveugle, d'avoir mal-

traite un homme si aimable. Marianne
n'avait pas la plus petite idée de l'amour,
et elle crut que ce n'était qu'une compassion généreuse qui l'intéressait pour lui.
Le chevalier, de son côté, avait été
frappé à la vue de la marquise; on joua,
et il fit si bien qu'il fut de sa partie. Il
était trop occupé de ses charmes pour
faire attention à son jeu; il fit les plus
grandes fautes, perdit tout ce qu'il joua.
Il montra tant d'indifférence pour sa
perte, que la marquise en conçut bonne
opinion de son caractère; car on dit que
c'est au jeu qu'on connaît les hommes.
D'ailleurs, elle s'aperçut fort bien que
c'était elle qui causait ses distractions,
et elle en sentait un plaisir qu'elle ne savait à quoi attribuer. Lorsqu'elle fut retirée chez elle, et qu'elle examina son
cœur, elle s'aperçut qu'il était tout
changé : l'idée du chevalier en avait
banni l'ennui ; et il n'était agité que du
desir de le revoir. Ne serait-ce pas que je
l'aimerais, dit-elle? Je crois que oui, et

je suis fort trompée , ou je lui ai inspiré
les mêmes sentimens pour moi , que ceux
que je sens pour lui.

La marquise ne fut pas long-tems dans
l'incertitude ; le chevalier lui avait demandé la permission de la voir ; il se
présenta chez elle aussitôt que la bien-
séance le lui permit , et , quoiqu'il n'osât
lui dire qu'il l'aimait , il le lui montra si
bien qu'elle en fut assurée. Cette décou-
verte donna beaucoup de joie à la marquise. Le chevalier était un homme de
grande qualité, et, comme elle avait assez
de bien pour elle et pour lui , elle se faisait un plaisir délicat de faire sa fortune.
Cependant, quoiqu'elle sentît qu'elle l'aimait beaucoup, elle résolut de ne rien
précipiter. On se marie pour toute sa
vie, disait-elle : ainsi il est de la dernière
conséquence de bien connaître la personne qu'on épouse. Le chevalier est aimable, mais cela ne suffit pas; il a peut-
être des défauts dans le caractère ; il faut
me donner le tems de l'examiner. Elle

exécuta cette sage résolution , et , pendant
six mois , elle vit tous les jours son amant ,
sans pouvoir lui découvrir un seul défaut.
Ce fut alors qu'elle crut avoir trouvé le
bonheur : elle avait déclaré au chevalier
qu'elle était résolue de l'épouser. Les
transports de joie avec lesquels il reçut
l'assurance d'un tel bonheur , lui prouvè-
rent qu'il l'aimait passionnément ; et la
marquise ne pouvait se persuader qu'il
pût jamais manquer quelque chose à sa
félicité , lorsqu'elle serait l'épouse d'un
homme si parfait. Elle avait pris la résolution de ne l'épouser qu'après l'avoir
examiné une année entière , et jamais
elle ne voulut entendre parler de se marier plutôt. Il y avait déjà neuf mois de
passés ; lorsqu'elle crut apercevoir quelque réfroidissement dans le cœur de son
amant : il lui disait pourtant les mêmes
choses que dans le commencement de sa
passion ; mais ce n'était plus avec le
même feu. Alors la pauvre marquise
éprouva les tourmens de la jalousie , de

la délicatesse. Est-ce donc là le bonheur,
se demandait-elle quelquefois ? Que de-
viendrais-je si le chevalier cessait de
m'aimer? et pourrai-je être heureuse, tant
que j'aurai cette crainte ? Elle confia ses
inquiétudes à une dame de ses amies, et
elle lui fit part du projet qu'elle avait formé
pour éclaircir ses doutes.

Elle feignit que des affaires indispen-
sables l'obligeaient à faire un voyage à
Lyon, et promit au chevalier de l'épouser
lorsqu'elle serait de retour. Il parut si
inconsolable lorsqu'il la quitta, qu'elle se
reprocha les soupçons qu'elle avait eus de
sa constance, et fut sur le point de les
lui avouer. Son amie l'en empêcha : elle
se détermina, par ses conseils, à pousser
jusqu'au bout l'épreuve qu'elle voulait
faire. La marquise avait une femme-de-
chambre qui avait de l'esprit, et qui lui
était affectionnée ; elle l'envoya à Lyon,
et lui commanda de faire réponse aux
lettres du chevalier, qui pouvait être aisément trompé, parce qu'il n'avait jamais

5.

vu l'écriture de sa maîtresse. Ensuite, elle
fut s'enfermer chez son amie, qui obligea
un domestique de veiller sur toutes les
démarches du chevalier : c'était dans le
commencement du carnaval, et ces
dames pensaient qu'il irait au bal de
l'opéra, qu'il aimait beaucoup. Elles ne
se trompèrent pas, et se masquèrent
toutes deux en grisettes, c'est-à-dire, en
femmes du commun. Comme le masque
déguise le son de la voix, et que d'ailleurs le chevalier avait reçu de Lyon une
lettre de la marquise, il n'eut garde de la
reconnaître : elle commença avec lui une
conversation fort animée ; il fut charmé
de son esprit. Il la pria de se trouver au
premier bal dans le même déguisement,
et elle le lui promit, pour tout le reste du
carnaval. Dès le troisième bal, il lui fit
une déclaration d'amour, et la conjura
de se démasquer. Elle refusa de le faire,
dans la crainte que son peu de béauté ne
détruisît les sentimens qu'elle lui avait
inspirés ; d'ailleurs, ajouta-t-elle, je ne

veux plus vous revoir, vous me jurez que
vous m'adorez, et vous êtes prêt d'en
épouser une autre. Madame, lui répondit le chevalier, je ne veux pas vous
tromper ; ce mariage fait ma fortune,
qui est dans une telle situation que je ne
puis vous l'offrir ; souffrez-donc que je
l'achève, et soyez persuadée que cette
fortune ne me touchera qu'autant que je
pourrai la partager avec vous. Ecoutez,
lui dit la marquise, je suis plus tendre
qu'intéressée ; qui me répondra que vous
ne deviendrez pas amoureux de votre
épouse ? On la dit fort aimable. Le danger
en est passé, lui dit le chevalier ; je veux
bien vous avouer que j'ai été fort amoureux de celle que j'épouse ; mais il y a
long-tems que cet amour est fini, et que
je n'ai plus pour elle que de la reconnaissance. Je ne manquerai jamais aux
égards qu'un galant homme doit à son
épouse, c'est à ce que je crois tout ce
qu'elle aura droit d'exiger. La marquise
eut toutes les peines du monde à se con-

6

tenir : elle avait reçu ce même jour une lettre de son perfide , dans laquelle il lui jurait un amour éternel. La connaissance de sa trahison la guérit radicalement de la passion qu'il lui avait inspirée ; et il ne lui resta plus qu'un grand desir de se venger et de le confondre. Pour y parvenir , elle feignit de céder aux instances qu'il lui faisait de se démasquer, et elle lui promit de le faire , s'il voulait la reconduire ; il y consentit , et monta avec elle dans le carrosse de son amie , qui les accompagna. Le chevalier parut surpris de la magnificence des appartemens qu'on lui fit traverser ; car il avait pris ces deux femmes pour des aventurières ; et, comme les hommes sont toujours portés à se flatter, il crut qu'il avait eu le bonheur de plaire à une femme de qualité , et redoubla ses prières pour la presser d'ôter son masque. Un coup de foudre l'aurait moins étonné que l'apparition de la marquise ; il resta immobile. Les éclats de rire qu'elle fit , lui firent comprendre qu'elle n'avait plus d'amour , puisqu'elle n'avait point de colère ; et , sans avoir la hardiesse de dire un seul mot , il fit une profonde révérence , et se retira la rage dans le cœur.

Voilà donc la marquise rendue à elle-même , et , par conséquent , convaincue que le bonheur ne pouvait se trouver nulle part , puisqu'elle ne l'avait point rencontré malgré ses recherches. Elle passa plusieurs mois dans un ennui insupportable , parce qu'elle n'avait rien mis dans son cœur à la place de cette passion tumultueuse qui l'avait occupé , remué , secoué. Un jour qu'elle allait à l'église , elle vit à la porte une vieille femme qui avait deux enfans , et qui demandait l'aumône : la beauté de ces enfans frappa la marquise ; elle demanda à cette femme s'ils étaient à elle. Non , madame , lui répondit-elle ; ils étaient nés pour être mes maîtres. Cette réponse excita la curiosité de la marquise qui , ayant donné son adresse à cette femme , la pria de venir chez elle

l'après-dîner, et de lui apporter ces beaux
enfans. Lorsqu'elle fut arrivée, la marquise la pria de lui expliquer ce qu'elle
lui avait dit le matin, et cette femme lui
parla en ces termes :

Il y a trente ans que j'entrai au service
d'un honnête homme, et, après sa mort,
je restai chez son fils qui est le père de
ces deux enfans ; mon maître, sans être
riche, était à son aise ; un malheureux
procès qu'il a perdu, l'a ruiné absolument
il y a six mois ; il me devait presque tous
mes gages qu'il n'était pas en état de me
payer ; il me demanda pardon en pleurant de l'injustice qu'il était forcé de me
faire, et m'exhorta à chercher une condition, en me promettant de me payer, si
cela était jamais en son pouvoir. Je vous
avoue, continua cette femme, que je
n'eus pas le courage d'abandonner mes
maîtres, dans une situation si triste. Je
leur donnai de grand cœur ce qu'ils me
devaient, et je m'offris à rester pour aider
à sa femme à blanchir du linge. Nous

avons subsisté quelque tems de notre travail avec beaucoup de difficulté, parce
que mon pauvre maître était devenu pa-
ralitique, et qu'il fallait qu'une de nous
deux lui servît de garde. Il y a quatre
jours que ma maîtresse, accablée de fatigue, est tombée malade ; et, ne sachant
comment m'y prendre pour les empêcher
de mourir de faim, je me suis déterminée
à demander l'aumône pour eux : la providence a béni mes intentions ; je me vois
en état chaque jour de leur procurer le
nécessaire, et j'espère les voir en santé
dans peu de jours, car ils sont déjà beaucoup mieux.

Pendant ce récit que cette digne femme
n'avait pu faire, sans répandre des larmes ; celles de la marquise avaient coulé
avec abondance : Que je vous plains, lui
dit-elle, quand elle eut fini de parler ;
avec un cœur si excellent et si noble, vous
ne méritiez pas d'être si malheureuse. En
vérité, reprit cette femme, je ne suis pas
malheureuse ; et tant qu'il plaira au bon

Dieu de me donner le moyen de secourir
mes maîtres, et de nourrir ces pauvres
enfans, je me croirai fort heureuse. Y
a-t-il un plus grand bonheur dans le
monde que de faire du bien et de prati-
quer la vertu ?

Cette réponse fut un trait de lumière
pour la marquise ; cette femme venait
de lui apprendre où elle pourrait enfin
trouver le bonheur qu'elle avait cherché
si inutilement. Elle voulut donc essayer
de le rencontrer dans cette nouvelle route
qui lui était offerte. Elle fit monter cette
femme et ces enfans dans son carrosse,
et se fit conduire au grenier qu'occupaient
le père et la mère. Son cœur fut saisi en y
entrant : un peu de paille était leur lit !
et à peine y avait-il dans ce grenier assez
d'espace pour s'y tenir debout. La marquise ne voulut pas permettre qu'ils y
passassent la nuit ; et, ayant envoyé
chercher une litière, elle les fit transporter dans sa maison, et voulut elle-même
les coucher et pourvoir aux choses qui

leur étaient nécessaires. La reconnaissance de ces gens était plus puissante
que leur faiblesse. Ils demandaient perpétuellement au Seigneur qu'il daignât la
récompenser de sa charité.

Il était plus de minuit, lorsque la marquise se retira dans son appartement, à
demi-morte de la fatigue qu'elle s'était
donnée, et qu'elle n'avait pas senti jus-
que-là. Elle se jeta dans son fauteuil, et,
jetant les yeux sur elle-même, elle se
trouva dans une situation si douce, si
tranquille, qu'elle n'en avait jamais
éprouvé une semblable. Il lui semblait
que le bonheur de toutes ces personnes
qu'elle venait de rendre heureuses, était
le sien. Tous les plaisirs dont elle avait
joui jusqu'alors avaient été mêlés de
troubles, d'amertumes, de craintes, et
quelquefois de remords; rien de pareil
dans ce qu'elle éprouvait alors. Sa satis-
faction était pure et sans mélange; elle
augmenta par l'heureux succès de ses
soins envers les infortunés qu'elle avait

secourus. Leur santé se rétablit aussi bien
que leur fortune, dans un emploi honnête
qu'elle leur procura. Elle s'était trop bien
trouvée de cet essai, pour s'en tenir là ;
elle multiplia ses bonnes œuvres. Bientôt
ses richesses lui parurent médiocres eu
égard à la nouvelle passion qu'elle avait
conçue. Pour s'y livrer davantage, elle
retrancha tout l'argent qu'elle donnait au
faste, c'est-à-dire, qu'elle se priva de ses
diamans, de son équipage ; qu'elle re-
nonça au jeu, au spectacle, et on ne s'ac-
corda plus que les dépenses purement
nécessaires. Jusques-là, le desir d'être
heureuse avait été son unique motif : sa
charité n'avait point eu Dieu pour motif,
et voici ce qui arriva. Tous ceux qu'elle
assista ne furent point reconnaissans ;
leur ingratitude blessa son cœur ; et,
comme elle se trouva désagréablement
trompée, elle craignit de n'avoir pas
trouvé le bonheur réel. Elle lui avait
pourtant tout sacrifié, et s'était détachée
de tout. Son cœur vide était donc débar-

rassé de tous les obstacles à la grande
piété ; il n'y avait plus qu'un pas à faire
pour y parvenir, et ce pas consistait à
faire tout ce qu'elle faisait alors en vue de
Dieu. Elle le comprit enfin ; et ce fut alors
qu'elle jouit d'un bonheur inaltérable qui
dura autant que sa vie, et qui l'accompagna au-delà du tombeau.

~~~~~~~~~~~~~~~~~~~~~~~~~~~~~~

LA SOURIS,

OU

Les sottises des pères sont perdues pour leurs enfans.

CONTE.

~~~~~~~~~~~~

UNE souris, parvenue jusqu'à la plus longue vieillesse, se voyant à son dernier moment, assembla sa nombreuse famille, et lui parla en ces termes :

« Mes chers enfans, si quelque chose pouvait m'engager à regretter la vie, ce serait sans doute l'idée des périls où je vous laisse exposés ; mais j'aime à me flatter, dans mes derniers momens, de vous trouver dociles à mes conseils. Si vous les suivez, vous pourrez parvenir,

comme moi, à l'âge le plus avancé. Pour
exciter votre obéissance, je veux vous
faire l'histoire de ma vie.

» Je suis née dans la maison que nous
habitons aujourd'hui; mais j'y ai vu arriver de grands changemens. Au tems où
je pris naissance, elle était habitée par
une jeune dame anglaise extrêmement
riche. Oh ! mes enfans, la maison de
cette dame était un pays de Cocagne, un
vrai Pérou pour les pauvres souris. Elle
tenait table ouverte, et avait quarante
domestiques. Vous sentez qu'ayant un si
grand nombre de gens pour la servir, elle
ne se donnait pas la peine de veiller sur
sa maison. Une femme de charge, un
maître d'hôtel, un gros cuisinier étaient
chargés d'acheter et de ménager les provisions, et Dieu sait comme ils s'en acquit-
taient ! Ces trois personnes tiraient un
revenu des marchands qui fournissaient
la maison, et elles étaient par conséquent
intéressées à augmenter la dépense. On
mangeait beaucoup; on perdait davan-

tage : ce qui nous procurait l'abondance
et la sûreté. Nous dédaignions les restes
de la seconde table , parce que nous pou-
vions nous nourrir des morceaux les plus
délicats qu'on laissait traîner. Deux gros
chats , gardiens de la cuisine, nous lais-
saient en pleine liberté , et passaient dans
un doux sommeil les intervalles de leurs
abondans repas. Je pourrais vous raconter mille anecdotes dont je fus témoin
dans mon enfance : la chambre de la
femme de charge avait été mon berceau,
et c'était dans ce palais souterrain, qu'elle
recevait les hommages de ses subalternes,
le plus souvent avec une hauteur déses-
pérante ; d'autres fois elle daignait s'hu-
maniser , et payait d'un coup-d'œil gracieux leurs adorations ; mais elle les en
récompensait presque toujours : c'était
bien la meilleure créature du monde , à
cela près de son impertinence. Elle voulait que le visage des domestiques annon-
çat l'opulence de leur maîtresse, et se
prêtait avec humanité à leurs petits be-

soins : les servantes de cuisine étaient ré-
duites le matin au triste bouillon de gruau,
et ne devaient point avoir de thé ; mais
madame prenait le sien si fort, et le re-
nouvelait si souvent, que ces pauvres
filles pouvaient encore en tirer une décoc-
tion honnête. L'endroit où elle serrait le
sucre n'était pas inaccessible, et, quand
elle s'apercevait qu'on en avait volé, elle
disait en riant : il faut bien que tout le
monde vive. Elle poussait sa complaisance
jusqu'à permettre à tout le monde de prendre le thé avec de la crème ; il est vrai
qu'on n'osait en mettre une si grande
quantité sur le mémoire, de crainte que
quelque jour il ne prît fantaisie à Milady
de le lire ; mais on comptait huit quartes
de lait au lieu de quatre, et, par ce
moyen, tout se trouvait compensé. Je ne
finirais pas, si je voulais faire le récit du
dégât prodigieux qui se faisait par cette
femme ou par ses complaisantes ; mais,
par une modération bien rare dans une
vieille qui parle du tems passé, je me
bornerai

bornerai à ce que je vous en ai déjà dit.

» Ce fut donc sous le gouvernement de cette bonne femme, que je passai les premières années de ma vie ; mais, par le plus grand de tous les malheurs, cette heureuse situation disparut comme un beau songe, dont il ne reste qu'un souvenir fâcheux. La maîtresse de la maison qui n'avait pas mesuré sa dépense sur ses revenus, se trouva ruinée ; il fallut se résoudre à aller vivre à la campagne, et la maison qu'elle avait habitée jusqu'alors eut de nouveaux hôtes. Comme je n'avais encore aucune expérience, je regardai ce changement d'un œil sec, et comme une chose qui m'importait peu ; je fus bientôt instruite de mon malheur. Notre nouvelle maîtresse avait un train aussi nombreux que la première ; cependant sa maison était aussi rangée que si elle n'en eût eu que deux : cette femme, par un renversement de tout ordre, veillait elle-même sur ses affaires, et ne se fiait qu'à elle des détails économiques. Sucre, con-

fitures , et autres choses pareilles , étaient
enfermés dans un cabinet dont elle gardait
elle-même la clé. Elle savait , à point
nommé, ce qui devait se consommer de
provisions , et il n'eût pas été possible de
la tromper , même dans des bagatelles.
Elle voulait que tout eût un air d'aisance,
de magnificence , sans vouloir le moindre
dégât : bientôt je me vis réduite à vivre
des miettes qui tombaient de la table des
domestiques : pas un chétif morceau de
fromage , pas un bout de chandelle ; tout
était ramassé , mis à profit. Maudite
femme ! m'écriais-je , dans ma douleur.
Qui croirait , en voyant la profusion des
mets qui paraissent sur ta table , qu'il y
eût famine chez toi pour un animal à qui
il faut si peu de chose pour le nourrir ?
Je me flattais quelquefois que cela ne
durerait pas : je perdis bientôt cette espérance ; elle ne dura pas long-tems. Les
deux pacifiques chats , dont j'ai parlé ,
n'avaient point abandonné la maison , et
faisaient une mine assez triste : je fus

curieuse de savoir ce qu'ils pensaient de tout cela, et un soir qu'ils eurent ensemble une conversation assez curieuse, je me mis à l'entrée de mon trou, pour les écouter.

Vous voulez donc abandonner cette maison qui vous a vu naître, disait le plus jeune des chats à son ancien ? Eh ! le moyen d'y rester, répondit l'autre d'un air chagrin. Ne voyez-vous pas que, depuis un mois, le jeûne forcé qu'on m'a fait observer, ne m'a laissé que la peau et les os ? Mais, reprit le plus jeune, ne nous reste-t-il pas une ressource ? Quelle que soit la vigilance du cuisinier, je me sens assez d'adresse et de courage pour vivre d'industrie. D'ailleurs, notre maîtresse est décrépite ; sa mort qui ne peut tarder d'arriver, changera notre situation. Vain espoir ! s'écria le vieux chat : apprends que notre malheur a conduit ici une dame allemande, et que, par conséquent, il est sans remède. Les dames de cette nation se croyent chargées du soin

2

de leurs maisons ; elles choisissent et étu-
dient si bien leurs doméstiques , qu'elles
y sont rarement trompées. Elles savent
leur inspirer l'esprit d'ordre; et le cuisinier de celle-ci , instruit par elle depuis
dix ans , n'entend pas raillerie sur le vol ;
la moindre friponnerie coûterait la vie
au plus respectable de tous les chats.
D'ailleurs , l'âge de notre maîtresse n'ap-
portera pas le plus léger changement dans
notre situation. Les maudites allemandes
ont la manie d'élever leurs filles dans cet
esprit d'économie où on les a élevées
elles-mêmes. Ces demoiselles, quelles que
riches qu'elles soient , ne croient point se
déshonorer, en descendant dans les détails du ménage : on leur siffle sans cesse
aux oreilles que , pour soutenir les dépenses convenables à leur rang , sans
nuire à personne , il faut retrancher les
superflues ; qu'il faut mettre les domestiques en situation de ne manquer de rien ,
et de ne rien perdre , et mille autres
maximes gothiques dont elles reviennent

rarement, ou pour mieux dire jamais.

» Un laquais qui entra dans la cuisine, interrompit la conversation des deux
chats qui disparurent le lendemain. Jeune
encore, je fis moins de réflexion aux discours de l'ancien qu'à ceux du plus jeune ;
et, ne pouvant supporter ma situation,
je résolus de mettre en œuvre toute mon
industrie : pour l'adoucir, je trouvai,
après mille efforts, le moyen de m'intro-
duire dans cette chambre où madame
serrait ses provisions ; et je me dédom-
mageai, par une chère exquise, de la
rude abstinence que je faisais depuis
quelque tems : le plaisir de la bonne-
chère fut quelquefois troublé par des réflexions ; je jouais gros jeu, et je trem-
blais que mon vol ne fût aperçu. Je me
rassurai pourtant ; le passé semblait me
répondre du futur : j'avais volé cent fois
la femme de charge dont j'ai parlé, sans
qu'elle eût daigné prendre les plus petites
précautions. Insensée que j'étais ! J'ignorais la grande différence qu'il y a entre

3

l'œil de la servante et celui de la maîtresse ; j'en fus instruite à mes dépens.
Enhardie par mes premiers succès , je
retournai le lendemain dans cette chambre fatale ; et le premier objet qui s'offrit
à ma vue , fut une machine grillée dans
laquelle il y avait un morceau de lard
rôti. Attirée par l'odeur , j'entre, je saisis
ma proie ; mais, ô malheur, que plusieurs années n'ont pu effacer de ma mémoire ! A peine eus-je touché le morceau
fatal , que la porte de cette machine in-
fernale se ferma sur moi avec un bruit
épouvantable , et m'ôta tout espoir de
salut. Combien de fois alors ne maudis-je
pas ma gourmandise ? Quelles résolutions
ne pris-je pas pour l'avenir, si j'avais le
bonheur d'échapper à ce danger ! Je
n'eus pas le tems de faire de longues réflexions : le bruit qu'avait fait la souri-
cière en tombant, attira la maîtresse , et
j'entendis sortir de sa bouche le terrible
arrêt de ma mort. Je fus condamnée à
être noyée, et une femme-de-chambre

eut ordre d'exécuter cet arrêt. Vous fré-
missez, mes enfans; rien ne peut plus,
ce me semble, m'empêcher de périr ! Je
me sauvai pourtant par la maladresse de
celle à qui ma maîtresse avait remis le
soin de sa vengeance. Ce fut alors que,
devenue sage par mon expérience, je tra-
vaillai à me corriger d'un vice qui avait
pensé occasionner ma perte. Je ne sortis
plus, sans les plus grandes précautions,
et mes courses se bornèrent à la cuisine.
Je vous avouerai que la vie frugale à
laquelle je me voyais réduite, me parut
d'abord pire que le supplice que j'avais
vu de si près ; mais l'habitude adoucit ma
situation ; je m'aperçus même que l'abstinence fortifiait mon tempérament, et je
parvins à remercier la fortune de la nécessité où elle m'avait mise de modérer
mon appétit et ma sensualité. J'ai vu re-
nouveler trois fois le peuple souricier
avec lequel j'habitais. Peu de souris ont
rempli la carrière qui leur était destinée
par la nature. Les maladies ont mois-

4

sonné celles qui ont échappé à la vigilance du chat, et aux pièges des maîtres. Mais je sens que je m'affaiblis. Adieu, mes chers enfans; redoutez le funeste cabinet, où la mort est cachée sous des douceurs perfides; je meurs contente, et j'espère que vous serez dociles à mes conseils ».

A peine cette sage souris eut-elle rendu les derniers soupirs, que sa jeune et sémillante famille se félicita d'être débarrassée de la contrainte où cette vieille radoteuse l'avait assujettie : on se moqua de ses conseils; on traita sa sobriété d'avarice, sa circonspection de lâcheté. On trouva le chemin du cabinet : trois murailles de papier, placées pour la sûreté d'un pot de confiture, furent rompues. On se félicitait déjà d'avoir échappé aux périls dont on avait été menacé; la joie fut courte : un chat, deux souricières furent placées dans le cabinet, et, avant la fin de la semaine, il ne resta pas une souris, de celles qui avaient méprisé l'expérience et les conseils de leur bisaïeule. Nous pouvons conclure de cet exemple : *Les sottises des pères sont perdues pour leurs enfans.*

RANNÉE ET MASCA,

OU

L'Education peut changer la Nature.

CONTE.

Dans le royaume de Lutésie, *Aris* et *Mithra* régnaient pour le bonheur de leurs sujets. Aris se regardait comme le père d'une nombreuse famille, à laquelle il était redevable de tous ses momens. Il se croyait chargé par les dieux du soin de procurer la sûreté du dernier de ses sujets, comme du plus illustre. Ils sont tous mes enfans, disait-il; si quelque prédilection m'est permise, c'est en faveur des pauvres et des misérables. Tel un père tendre porte dans ses bras son fils infirme, et laisse à

6

celui qui est robuste la fatigue d'un chemin pénible. Mithra, en unissant son sort
à celui d'Aris, avait moins pensé à s'as-
socier à la souveraine puissance, qu'à
l'excessive tendresse qu'il avait pour son
peuple ; et, pendant que son illustre époux
s'occupait à réprimer le vice, à punir l'injustice, Mithra donnait tous ses soins à
les diminuer. Son exemple avait forcé le
crime à chercher les ténèbres ; on ne rou-
gissait plus d'être vertueux : ceux qui ne
l'étaient pas, se paraient du moins des
dehors de la vertu. Il y avait donc un
grand nombre d'hypocrites à la cour, dit
mon lecteur ; j'aimerais mieux qu'elle fût
remplie de méchans connus pour tels. Je
ne suis pas tout-à-fait de ce sentiment :
l'homme est un animal sur lequel l'habitude a beaucoup d'empire. Les grands de
Lutésie, à force de parler et d'agir comme
d'honnêtes gens, le devinrent insensiblement.

Le royaume de Lutésie était soumis à
douze fées qui, tour-à-tour, y exerçaient

leur empire un mois de l'année. Six de ces fées étaient du plus mauvais naturel qu'on puisse imaginer. Ce n'était point en ôtant les biens, la santé, et les autres avantages extérieurs aux Lutésiens, qu'elles signalaient leur méchanceté : elles étaient trop éclairées pour regarder comme un mal réel, la perte de ces avantages frivoles. Pour rendre les hommes misérables, à coup sûr, elles s'appliquaient à les rendre vicieux. Tel qui était honnête homme dans une condition médiocre, devenait, par le secours d'une de ces six fées, favori de *Plutus*, et voyait disparaître sa probité avec son indigence. Une fille trop occupée de sa beauté, était prête à la perdre par une petite vérole, ou quelque autre accident ; elles lui présentaient avec empressement des remèdes sûrs pour conserver des traits qui devaient occasionner sa perte. Avant le règne d'Aris, les Lutésiens dont le défaut n'était pas de trop réfléchir, avaient été dupes de la malice de ces fées ; on les croyait les meilleures per-

sonnes du monde, toujours prêtes à accorder aux hommes les choses qui sont
les objets de leurs désirs. Aris était enfin
parvenu à faire comprendre à ses sujets,
que le plus souvent les avantages extérieurs sont des dons funestes et empoison-
nés. Il s'était servi de l'expérience pour
les en convaincre ; et les méchantes fées
qui, jusqu'alors, avaient été l'objet de la
vénération des Lutésiens, leur étaient de-
venues suspectes, et ensuite odieuses. On
peut imaginer quelle devait être leur rage
contre Aris ; on ne peut la décrire. La haine
d'un méchant homme est sans doute très-
dangereuse ; mais ce n'est rien en comparaison de la haine d'une méchante femme.
Quelle devait être la situation d'Aris, qui
se voyait entourré, obsédé par six Furies
femelles, que l'intérêt, la vanité ani-
maient contre lui !

Quelle grimace feront les dames en li-
sant cet article ! La vérité est offensante,
j'en conviens ; je leur demande pardon de
le dire ; mais je suis femme, et, puisque

je reconnais les défauts de mon sexe, j'ai
droit d'en parler.

Outre ces six méchantes fées dont Aris
avait à se défendre, deux autres mois de
l'année étaient sous la domination de deux
fées qui, sans être aussi méchantes que
les premières, ne lui donnaient pas moins
d'embarras. Elles avaient de ces carac-
tères équivoques, qu'il n'est pas possible
de définir : la légèreté en faisait la base.
Des passions violentes dans leurs accès,
mais qui n'avaient pas plus de consistence
que leur caractère, semblaient leur en
donner un nouveau dix fois par jour. Elles
aimaient passionnément, le matin, une
chose, dont elles ne se souciaient pas le
soir, et qu'elles haïssaient le lendemain.
Leur ame molle se prêtait avec facilité
aux nouvelles impressions ; et l'on pouvait deviner le soir, à coup sûr, par les
dispositions où elles étaient, du caractère
de ceux avec lesquels elles avaient passé
la journée. Elles ne voulaient le bien ou le
mal que par occasion ; car elles n'étaient

ni vertueuses, ni méchantes : l'objet présent les déterminait. Tout entrait dans leur ame ; rien ne s'y fixait. J'ai dit que ces deux fées donnaient plus d'embarras à Aris, que les six méchantes ; parce qu'avec des personnes de ce caractère, on ne peut se faire un plan de conduite : il serait plus facile de fixer le mercure que leurs pensées ; et on leur déplaît, souvent, par les mêmes choses qui avaient mérité leurs bonnes grâces deux jours auparavant.

On aurait peine à se persuader qu'Aris eût pu échapper à la méchanceté décidée des six premières fées, et aux inconséquences de la conduite des deux autres ; mais jamais les dieux qui permettent les maux, ne manquent d'y apporter le remède. Les mois de janvier, d'avril, juillet et novembre, étaient gouvernés par quatre fées qui réunissaient en elles tout ce qui pouvait en faire des chefs-d'œuvre. Quatre contre huit, disent mes lecteurs, c'est bien peu. Ceux qui raisonnent ainsi, n'ont pas fait réflexion à la supériorité que la vertu a sur le vice. Un honnête homme fait trembler dix scélérats ; il a sur eux un ascendant auquel ils ne peuvent se dérober ; et Aris, avec le secours de ces bonnes fées, triompha de la malice des autres, et vint à bout de remédier au mal qu'elles faisaient à ses sujets. Ils étaient devenus heureux, c'est-à-dire vertueux ; car ces deux mots sont synonymes, et on peut les employer l'un pour l'autre ; et comme rien n'est plus vrai que la maxime : *Du bonheur que l'on fait, le nôtre naît toujours.* Aris était heureux du bonheur de ses sujets ; cependant, comme la félicité des hommes ne peut être sans nuage, celle d'Aris et de Mithra était troublée : ils aimaient tendrement leurs sujets, et ne pouvaient penser sans douleur qu'ils étaient menacés de tous les maux qu'entraîne nécessairement une guerre civile. Aris, précieux reste d'une famille chère aux Lutésiens, Aris n'avait point d'enfans, et dix ans de stérilité semblaient

ôter à Mithra tout espoir d'en avoir jamais. Ils gémissaient souvent ensemble
de ce qu'ils prévoyaient devoir arriver
après leur mort ; et ils ne cessaient de demander aux dieux un héritier auquel ils
pussent transmettre, avec leur sang, les
vertus qu'ils s'efforçaient d'acquérir. Les
Lutésiens joignaient leurs prières aux
leurs ; mais, moins éclairés que leurs souverains, ils ne pouvaient comprendre que
les dieux eussent de bonnes raisons de re-
jeter leurs demandes, et plusieurs d'entre
eux étaient tentés de murmurer contre
leurs ordres.

Un jour, *Uranie*, la plus sage des
quatre fées, vint au palais. Elle trouva le
roi et la reine environnés d'une foule nombreuse qui, en se livrant à la joie de
trouver des pères dans leurs souverains,
gémissait du malheur de ceux qui devaient naître, et qui ne pouvaient espérer
un tel bonheur. La fée, qui avait le meil-
leur cœur du monde, fut attendrie, et
mêla ses larmes avec celles qu'elle voyait

couler. Le roi crut le moment favorable
pour l'intéresser à lui obtenir la grâce
qu'il souhaitait avec tant d'ardeur.

Généreuse fée, lui dit-il, les dieux
connaissent mon cœur ; ils savent par
quel motif je leur demande un enfant :
serait-il possible qu'ils fussent irrités des
vœux que je forme ? L'amour que je porte
à mon peuple me les inspire.

Et croyez-vous que les dieux aiment
votre peuple moins que vous ? répondit
Uranie. Si leur bien demande que votre
postérité monte sur le trône, ils vous donneront un héritier. Croyez-moi, Aris, le
propre intérêt se masque sous toutes sortes
de formes ; tel croit n'aimer que sa patrie,
qui n'est excité que par ses passions. Vous
devez souhaiter, sans doute, le bien de
vos sujets, le demander sans cesse aux
immortels ; mais, comme vous ignorez absolument les moyens qui doivent perpé-
tuer leur félicité, abandonnez-en le soin à
leur providence. Ne prévoyez rien dans
les choses où vous ne pouvez rien changer ;

en travaillant à vous rendre les dieux propices par vos vertus, ne craignez rien, ne désirez rien : souvent, hélas ! ils exaucent dans leur colère les vœux indiscrets. N'allez pourtant pas croire que je condamne vos désirs et ceux de votre peuple; je n'en reprends que l'excès ; et il y a toujours de l'excès, quand le refus de ce que nous demandons produit le chagrin, le désespoir ou le murmure. Une fée trompeuse ou politique vous dirait, pour appaiser votre douleur, qu'elle va consulter ses livres, où l'on trouve, d'un bout à l'autre, toutes les décisions du destin. Pour moi, je suis trop amie de la vérité pour vous débiter de pareils contes. Les dieux seuls connaissent l'avenir, et il ne peut être découvert que par eux. Je vais donc demander leurs lumières; s'ils m'exaucent, je vous instruirai de ce qu'ils daigneront m'apprendre.

Après avoir prononcé ces paroles, Uranie, s'adressant aux dieux, parut quelques momens hors d'elle-même : Ten-

dre mère ! s'écriait-elle, je vois ton cœur
déchiré.... Que de pleurs.... quelles
alarmes !...

La fée se tut après avoir prononcé ce
peu de mots, et, ayant repris sa tranquillité ordinaire : Vous aurez une fille,
dit-elle au roi et à la reine ; mais je vois
pour elle deux destinées bien différentes.
Conçue dans le mois de *Mégère*, la plus
méchante de nos sœurs, elle n'oubliera
rien pour lui former un corps susceptible
des passions les plus violentes. Les deux
fées équivoques, qui succéderont à Mégère, en travaillant à mêler les humeurs
qui formeront son corps, selon que leur
fantaisie journalière le leur suggérera,
lui donneront des dispositions à l'inéga-
lité, au caprice qu'il sera bien difficile de
vaincre. La reine est menacée d'accou-
cher quinze jours avant son terme : alors
la princesse naîtra dans mon mois ; et je
pourrai la préserver des malheurs qu'*A-
lecto*, confidente de Mégère, lui destine ;
mais alors je n'aurai aucun pouvoir sur

son éducation. Si la reine finit ses neuf
mois, elle accouchera dans le mois d'A-
lecto : alors *Clio*, mon amie, restera la
maîtresse, et, en vous privant de sa vue,
conduira à son gré ses premières années,
et pourra, par le secours d'une bonne
éducation, tourner à son avantage les
artifices de nos ennemies. Choisissez pour
la princesse une vie remplie d'événemens
heureux, sans vertu, si elle naît dans mon
mois; la jeunesse la plus malheureuse, si
elle naît dans le mois d'Alecto, jointe
avec la facilité d'acquérir les plus grandes
vertus.

Aris était honnête homme, et eût été
surpris de voir un père balancer un moment, si on lui eût laissé cette alternative.
Les vertus que les autres doivent prati-
quer, nous paraissent si belles, si naturelles, si aisées, que nous avons peine à
concevoir leur répugnance; mais, lorsque
c'est nous qui devons surmonter ces répu-
gnances, c'est tout autre chose. Le roi
ouvrit trois fois la bouche pour faire ce

choix, qui lui aurait paru si facile pour
tout autre que pour sa fille future, et, trois
fois, la triste destinée dont la princesse
était menacée, glaça sa langue d'effroi.
La reine tremblante, interdite, attendait
en frémissant le choix de son époux. La
vertu triompha enfin. Que les événemens
qui paraissent les plus funestes tombent
sur la tête de ma fille, s'écria-t-il, pourvu
qu'elle devienne telle qu'il le faut pour
faire la félicité de mon peuple!

A peine Aris eut-il prononcé ces paroles, qu'on vit tous ceux qui étaient présens verser des larmes de joie, d'admiration et de douleur. On élevait sa générosité jusqu'aux cieux; on le plaignait
ainsi que son épouse: tous les assistans
conjuraient Uranie de la recommander à
Clio; et l'on attendait, avec une impatience mêlée de crainte, les grands événemens prédits.

Une suivante, favorite de Mithra,
voulant faire diversion aux tristes pensées
de sa maîtresse, s'avisa de faire une ques-

tion à la fée. J'avais toujours cru, lui dit-
elle, que nos vices et nos vertus dépendaient d'une fatalité ou destin que rien
ne pouvait changer, et que tout le pouvoir des fées consistait à faire naître les
enfans sous des aspects si favorables ou si
funestes, que tous les soins de l'éducation
devenaient inutiles.

Vous étiez dans l'erreur, répondit Uranie; cette pensée outrage la sagesse et la
bonté des dieux. Croyez-vous donc qu'ils
aient abandonné à un hasard aveugle les
choses d'où dépend la félicité des mortels? c'est leur supposer bien peu d'amour
pour les créatures qui sont leurs ouvrages.
Si nos vices ou nos vertus dépendaient
d'une fatalité insurmontable, de quel droit
puniraient-ils des crimes involontaires?
La vertu ne serait plus qu'un vain nom,
puisqu'on ne peut appeler vertueux qu'un
homme qui choisit de faire le bien. Aris
serait injuste s'il punissait celui qui l'aurait outragé en dormant ou dans le délire.
Croyez-vous donc les dieux moins équi-
tables

tables que votre roi, madame? dit un courtisan, soi-disant esprit fort ; car il en était resté quelques-uns à la cour d'Aris. Comparaison n'est pas raison : je crois sur-tout qu'on n'en doit jamais faire par rapport à la divinité. Nos idées sur la justice, et les autres perfections des dieux, sont peut-être fausses ; et certainement elles sont très-faibles. Le fini ne peut porter de jugement sûr par rapport à l'infini, et doit adorer les immortels sans chercher à les comprendre ; car, pour connaître la nature de leurs perfections, il faudrait participer à leur divinité.

La fée, dit au courtisan qui, après avoir fait le beau raisonnement que nous avons rapporté, prit un air satisfait ; et, regardant l'assemblée avec dédain, il semblait lui reprocher, par un souris moqueur, l'applaudissement qu'elle avait donné au discours de la sage Uranie. Elle lui dit froidement :

Vous avez pris une expression pour une autre, monsieur. Vous dites que nous ne

pouvons comprendre la nature des perfections des dieux ; vous avez voulu dire,
sans doute, l'*étendue* ; au lieu de *la nature* ; et alors vous auriez parlé juste.
Destinés à adorer les perfections de la divinité, nous devons les connaître ; d'ailleurs, notre justice consiste à les imiter :
mais ayez la bonté de répondre aux questions que je prendrai la liberté de vous
faire. Dites-moi si la justice que les dieux
commandent aux hommes, est d'une nature différente de la leur, et en quoi consiste cette différence. Eh! mais, dit le
courtisan un peu interdit, celle des dieux
est, sans doute, plus excellente que celle
des hommes.

Sont-elles de même nature ? continua
la fée ; car il est hors de doute que les
dieux exercent la justice et les autres vertus dans toute leur étendue, et les hommes d'une manière très-imparfaite. Mais
est-ce la même justice exercée, d'un côté
dans toute sa perfection, et, de l'autre,
souvent blessée par malice, faiblesse ou

ignorance ? Le courtisan, très - embarrassé, bégayait ; car il sentait fort bien, qu'avouer que la justice qu'exercent les dieux, est de la même nature que celle des hommes, était convenir que son objection était ridicule : si les hommes exercent la justice, donc ils la connaissent, et en ont une idée juste. Pour se tirer d'affaire, il fallut donc répondre que c'étaient peut-être, chez les dieux, une justice, une bonté, et des autres perfections tout-à-fait différentes de celles dont nous avons l'idée, et que nous pratiquons.

Courage ! ajouta la fée ; nous touchons au dénouement. N'est-il pas vrai que deux choses ne diffèrent que par des qualités contraires ? Assurément, dit le courtisan. Dites-moi, à présent, reprit la fée, si la justice, la miséricorde, telles que nous les pratiquons, sont des choses louables ? On ne peut le nier, répondit le courtisan.

Concluons, dit la fée. La justice et les autres vertus, telles que nous en avons 'idée, sont des choses louables ; le con-

2

traire de ces vertus doit donc être méprisable et mauvais. Si les vertus des dieux diffèrent des nôtres, c'est par des qualités contraires; donc les vertus des dieux sont mauvaises, si les nôtres sont bonnes.

Uranie, de retour chez elle, invita les trois bonnes fées, et elles tinrent un grand conseil pour examiner la conduite qu'elles devaient tenir, pour rendre inutile la mauvaise volonté de leurs compagnes. *Thalie*, la plus jeune, commença à parler par l'ordre d'Uranie; et, comme elle savait que l'amour devait causer tous les maux de la princesse, elle décida qu'il fallait l'élever dans un palais inaccessible aux hommes, jusqu'à ce que sa raison fût entièrement formée, et capable de la fortifier contre les dangers de l'amour. Je voudrais, au contraire, dit la seconde qui se nommait *Alzire*, la faire élever dans un palais rempli d'hommes si laids et si dégoûtans, qu'elle pût prendre tout le sexe en horreur. Doucement, ma sœur, reprit Uranie, nous nous retrouverions bientôt

dans le même embarras qu'aujourd'hui.
La princesse doit un jour donner un héritier à cet empire : il ne serait pas à propos que son horreur pour les hommes fût
si générale; elle deviendrait peut-être sans
remède, et, outre que cela ne conviendrait
pas à nos vues, cette horreur pour les
hommes ne serait pas juste. Il faut
avouer qu'il y en a d'estimables, qui mé-
ritent l'attachement d'une femme de bon
sens ; mais le nombre en est si petit, que
nous ne devons rien oublier pour la rendre
circonspecte. Je voudrais donc que, du
milieu du palais solitaire où nous la ferons élever, elle pût découvrir les malheurs que causent dans le monde toutes
les passions, et principalement l'amour :
cela suffirait, ce me semble, pour l'obliger
à se tenir sur ses gardes, et à travailler de
bonne heure à se modérer.

Les dieux commencent à protéger notre
princesse, s'écria *Clio* en pleurant de joie;
ils m'en donnent présentement une preuve
sensible. Je connais, mes sœurs, la supé-

3

riorité de vos lumières sur les miennes, et j'y ferai hommage dans toutes sortes d'occasions; mais, dans celle-ci, les immortels qui me chargent des premières années de la princesse qui se nommera *Rannée* ; les dieux, dis-je, me communiquent leur sagesse pour ce grand ouvrage. Ils proportionnent nos talens aux emplois qu'ils nous destinent, et voici ce qu'ils me découvrent.

Toutes les passions de Rannée seront violentes, mais subordonnées à la tendresse qui sera chez elle la dominante. Dans les intentions de nos méchantes sœurs, ce cœur, susceptible et tendre, est un présent funeste qui doit rendre mon élève la plus méprisable de toutes les femmes; mais les dieux se jouent des méchans, et tournent contr'eux les artifices dont ils se servent. La sensibilité du cœur de Rannée deviendra le remède de tous ses autres défauts. Elle amortira son ambition, lui fera mépriser les richesses, fixera sa légèreté, ses caprices et son inconstance. Il y a long-tems, mes chères sœurs, que j'ai compris qu'un des grands écueils de l'éducation, est que ceux qui l'entreprennent, regardent certaines dispositions comme funestes, et veulent les changer, comme s'il était possible de changer la nature : toute disposition devient heureuse dans la main d'un maître qui sait l'employer.

Thalie a proposé de soustraire les hommes à la vue de Rannée, jusqu'à ce que sa raison soit affermie. Hélas ! l'expérience ne nous apprend-elle pas l'impuissance de la raison contre un penchant dominant, N'exposons à ses yeux que des hommes capables de lui inspirer du dégoût, dit Alzire ; mais, outre l'inconvénient remarqué par Uranie, il en est un autre. Lorsque le besoin d'aimer se fait sentir, le cœur n'est ni délicat, ni éclairé. Pressé par ce besoin, il pare le premier objet qui se présente, de perfections imaginaires qui produisent le même attachement que si elles étaient réelles. Remarquez encore

4.

que certains hommes ne sont laids et dégoûtans que par comparaison. Dans ce
grand nombre d'objets rebutans que vous
offrirez à sa vue, la laideur, les vices seront différenciés : nul, je l'avoue, ne sera
capable de plaire à sa raison, et, à coup
sûr, il s'en trouvera quelques-uns qui plai-
ront à son caprice; et, chez les femmes,
nous ne l'éprouvons que trop, le caprice a
plus d'empire que la raison. D'ailleurs,
notre princesse plaira à ces hommes que
nous supposons incapables de lui plaire;
et quel changement l'amour n'est-il pas
capable de produire chez eux ! Le brutal
deviendra complaisant, le capricieux
égal, le vicieux hypocrite : je ne jurerais
pas même que quelques-uns d'entr'eux ne
devinssent vertueux, mais d'une vertu mo-
mentanée, et qui, peut-être, ne durerait
qu'autant que son amour; or, vous savez,
mes sœurs ; combien peu il faut compter
sur la durée de ce sentiment.

Considérez encore, je vous prie, qu'il
s'agit de corriger notre princesse. Que

serait-ce si, aux défauts de son caractère, se joignaient ceux de son amant?
Elle les adopterait, j'en suis sûre : l'expérience ne me permet pas d'en douter.

La sage Uranie propose de lui mettre
sans cesse devant les yeux les funestes
effets de l'amour; cette vue la rendra malheureuse, sans diminuer le penchant
qu'elle aura à être tendre. Rannée connaîtra clairement qu'elle ne pourra être
heureuse que par le cœur; et, dans l'im-
possibilité où elle se croira de la devenir,
l'amertume, le dégoût de la vie, s'empa-
reront de son ame. Son humeur s'aigrira
pour tâcher de remplir le vide qu'elle
trouvera au-dedans d'elle-même; elle se
précipitera dans les plaisirs, qu'elle ne
goûtera pas, mais qui lui feront perdre
un tems précieux. Fatiguée de luttes
contre elle-même, et des combats péni-
bles qu'il lui faudra rendre à chaque instant pour arracher son cœur à tout ce
qu'elle trouvera digne d'être aimé, ou qui
lui paraîtra tel, elle abandonnera tout

5.

par lassitude ; et, malheureuse pour malheureuse, elle se déterminera à l'être de
la façon qui lui paraîtra la plus conforme
au penchant de son cœur. Croyez-vous,
mes sœurs, que, dans ces différentes po-
sitions, Rannée soit bien propre à remplir
les devoirs du haut rang auquel la destinent les dieux ? Son triste cœur, accablé,
n'aura pas le courage de s'occuper d'autre
chose, que de ses malheurs, et ne sera pas
en situation de penser à procurer le bonheur des autres.

Ah ! ma sœur, s'écrièrent les trois fées,
comme de concert, que vous nous causez
de vives alarmes ! Serait-il possible que
les dieux, en vous découvrant toute la
grandeur du mal, ne vous en eussent
point appris le remède ?

N'en doutez pas, mes sœurs, répondit
Clio, ils ne m'ont point éclairée à demi.
Ils veillent avec une bonté toute particu-
lière sur les hommes, mais beaucoup plus
sur les souverains qui sont leur image
sur la terre. C'est sans doute leur provi-

dence qui m'a confié, depuis deux ans, le
dépôt le plus précieux, et qui me présente
un moyen presqu'infaillible d'assurer en
même tems le bonheur et la vertu de
Rannée.

Alindor et *Zaïde*, qui règnent dans
les Indes, ont mérité ma protection dès
leur enfance, par leur docilité à suivre
mes conseils. Zaïde mit au monde, il y a
deux ans, un prince, en faveur duquel la
nature semble s'être épuisée. Les dispositions que je démêle en lui, promettent les
plus hautes vertus, si elles sont cultivées
par une très-bonne éducation. C'est lui
que je destine à former le caractère de
Rannée. Il fixera sa légèreté, et remplira
toute la capacité d'aimer de cette princesse. Le désir de mériter son estime fera
germer toutes les vertus dans le cœur de
ma princesse, et détruira tous ses vices.
Nos méchantes sœurs ont choisi l'Amour
pour perdre Rannée; c'est à ce dieu que
je veux devoir toutes ses vertus.

En vérité, ma sœur, dit Uranie, si

6

l'Amour entend ses intérêts, il secondera vos intentions. Un tel miracle le réconcilierait avec les plus sévères qui déclament sans cesse contre lui, et qui l'accusent de tous les désordres de l'univers.

C'est une injustice, répondit Clio : l'Amour est par lui-même le lien de la société ; mais il prend la teinture des cœurs qu'il blesse. Dans une ame vertueuse, il augmente les vertus ; il se dénature dans les cœurs vicieux, et devient brutalité et aveuglement : en un mot, l'Amour, trop souvent père de tous les vices, peut et doit devenir, dans le dessein des immortels, père de toutes les vertus. Quand elles sont offertes, par la main de ce dieu, à des jeunes cœurs, ils s'ouvrent avec empressement pour les recevoir ; mais il faut remarquer que cet amour, pour être en état de produire les grands biens que j'en promets, doit être présenté des mains du devoir. Il faut que ce soit lui qui détermine une jeune personne à s'abandonner aux mouvemens naturels que la providence a mis dans le cœur de tous les hommes pour former la société.

Les six méchantes fées riaient de la conférence de leurs sœurs. Elles croyaient avoir pris des mesures infaillibles par rapport à Rannée. Toutefois elles n'oublièrent rien pour s'instruire du résultat de leur conférence ; ce fut en vain : les bonnes fées, par un privilége spécial, étaient femmes, et savaient se taire. Le moment de la naissance de Rannée approchait. Alecto, dans le mois de laquelle elle devait naître, se méfiant de ses talens, résolut d'intéresser l'Amour à la perte de cette princesse. Elle avait ouï dire que ce dieu n'est favorable aux mortels que dans le printems de leur âge : elle touchait à son hiver, et craignait avec raison de n'être point admise dans le palais du dieu de la jeunesse. Elle résolut de recourir à l'art pour cacher les ravages que les années avaient fait sur sa personne. Elle avait vécu cinquante-cinq ans sans savoir que la parure ajoute le ridicule à la lai-

deur. Elle comptait sur les talens des
femmes de Lutésie : la nature les faisait
naître fées, lorsqu'il s'agissait d'inventer
des modes capables de cacher quelques
années. Nul défaut qui n'eût un remède
dans la disposition du corps de baleine,
du panier, dans l'arrangement des che-
veux, des rubans et des mouches. Les
marchands de la capitale vendaient du
teint, de l'embonpoint; les maîtres à dan-
ser, des grâces ou quelqu'autre chose qui
y ressemblait si fort, qu'on s'y méprenait
souvent. Tous leurs talens furent employés
pour dérober aux yeux de l'Amour une
vingtaine des années d'Alecto, qui mit, à
la place de la pudeur et de l'ingénuité
de la jeunesse, un air coquet, hardi, in-
décent. Elle présentait une gorge soutenue
par artifice, qu'elle n'avait pas couverte
du voile le moins épais. Elle étudia, devant son miroir, les regards les plus sé-
duisans; et, comme elle se trouvait encore fort aimable, elle ne douta pas un
moment de l'effet de ses charmes, ou plu-

tôt elle fit semblant de n'en point douter.
Ce qui prouve qu'elle s'en méfiait au fond
du cœur, c'est qu'elle étala une magnificence capable d'éblouir les yeux, de les
séduire, et de les distraire de l'examen de
sa personne.

L'amour se fit un plaisir malin de rire
aux dépens de la vieille fée. N'allez pas
conclure de là qu'il eût un mauvais caractère ; mais il est de tels personnages,
qu'on ne peut s'empêcher de ridiculiser
quelque honnête homme qu'on soit. Elle
affectait une démarche aisée, légère,
qui n'ajoutait pas peu au plaisir du spectacle. L'amour joua la surprise, l'éblouis-
sement involontaire : il était resté stupé-
fait à la vue d'un attirail si peu fait pour
la figure qui en était ornée. Alecto prit
ce mouvement pour de l'admiration : son
effronterie en redoubla, et elle se tint
sûre du succès de son entreprise. Je ne
répéterai point le compliment qu'elle fit
au Dieu ; il était assorti au reste, et dans
une cour qui n'était rien moins que grave,

on se fit les plus grandes violences pour
ne point éclater : chacun souriait pourtant, et Alecto prenait tout, comme elle
souhaitait qu'il fût, c'est-à-dire, pour
des applaudissemens. Elle ne demandait
au reste qu'une bagatelle ; elle prétendait
que l'amour lui remît son arc et ses flèches. L'amour, qui commençait à s'impatienter (car le ridicule outré n'amuse
qu'un moment), lui répondit : Qu'en
feriez-vous, madame ? ma flèche la plus
aiguë serait émoussée, si elle était lancée
de votre main. Voici tout ce que je puis
faire en votre faveur : au moment où
Rannée connaîtra son amant, je vous
abandonne ses traits ; elle cessera d'être
belle.

À peine la vieille fut-elle sortie que
toute la cour de Cupidon murmura de ce
qu'il venait de lui accorder. De quoi vous
plaignez-vous, dit l'amour ? Alecto,
pourra empêcher Rannée d'être belle ;
mais tous ses efforts ne pourront la rendre
plus aimable : la malice de son ennemie

servira au triomphe de la princesse et du mien. Croyez-vous que je ne puisse retenir un cœur, sans le secours de deux beaux yeux ? Ma puissance aurait de trop faibles fondemens. Je ne règne despotiquement que sur les ames unies par les liens de la vertu ; ce sont les seuls durables.

A peine Alecto était-elle descendue sur la terre, qu'on vit paraître Clio dans l'empire de l'amour. Elle était conduite par les Grâces qui ne l'avaient point abandonnée, quoiqu'elle fût aussi âgée que sa compagne. Sa parure était simple et sans art, et dans son état négligé, elle conservait une fraîcheur que le calme des passions avait entretenu, et qui faisait oublier qu'elle n'était plus jeune. La paix de l'ame recule la vieillesse, et la vertu orne le visage, quand la beauté disparaît.

L'Amour, saisi d'un sentiment respectueux à la vue de Clio, met à ses pieds ses armes victorieuses. Disposez-en, madame, lui dit-il ; les mortels n'auraient

qu'à se louer de moi, si je vous eusse
toujours fait dépositaire de ma puissance.
Clio remercia l'Amour d'un éloge qui la
flattait à juste titre. Dieu charmant,
ajouta-t-elle, si j'ai employé tous les momens de ma vie à vous offrir des victimes
dont vous n'eussiez point à rougir, que
je reçoive aujourd'hui la récompense de
mon zèle ; que Rannée ne puisse jamais
aimer que Mascave ; que ce prince n'é-
prouve la puissance de vos traits que
pour Rannée.

J'en jure par le Stix, lui répondit le
dieu de Cithère ; vous le savez, Jupiter,
lui-même, n'ose violer ce serment redou-
table. Clio se hâta de revenir sur la terre :
une nuée d'encens qui des autels s'élevait jusqu'aux cieux , lui annonça la
naissance de son élève. Alecto , assistée
de ses collègues , s'était emparée de cette
princesse au moment où elle avait vu le
jour. Comme elle n'avait qu'une minute
à exercer sa malice, car le mois de Clio
allait commencer, elle se hâta de profiter

de ce moment pour exécuter ses projets.

Je souhaite, dit cette furie, qui tenait Rannée dans ses bras, je souhaite que ton cœur ne puisse se refuser au premier mortel qui s'offrira à la vue, et que tu ne puisses conserver ta beauté que jusqu'au moment où tu connaîtras ton amant. Je souhaite que, méconnue de tous ceux à qui tu seras chère, tu te voies disputer ton rang, ton amant et ton nom. Je souhaite.....

Doucement, ma sœur, dit Clio ; le soleil a parcouru la moitié du chemin qu'il doit faire pendant son absence de ces lieux : minuit sonne. Ne croyez pas pourtant que je fasse le plus petit effort pour déranger ce que vous venez de souhaiter : que vos vues soient remplies par rapport à Rannée, j'y consens ; mais si elle conserve toute sa vertu jusqu'à sa vingtième année, son sort sera fixé, et vous perdrez sur elle les droits que vous a donné le moment de sa naissance.

Clio avait pris Rannée des mains d'A-

lecto. Cette petite princesse , qui n'avait
cessé de pleurer depuis le moment où
son ennemie s'était emparée d'elle , sembla connaître le bien qui lui arrivait en
passant sous les lois de Clio. Ses larmes
tarirent, et, alors, tous ceux qui étaient
dans la chambre de la reine , s'empres-
sèrent à examiner la proportion de ses
traits, qu'on n'avait pu remarquer jusqu'alors. Embrassez la princesse , dit
Clio , au roi et à la reine. Pour la soustraire aux piéges d'Alecto , je suis forcée
de la dérober à vos caresses : vous serez
long-téms sans la voir ; c'est un sacrifice
qu'il faut faire au bien de votre peuple.

Il n'y avait que ce motif qui pût faire
supporter à Aris et à Mithra la séparation de leur fille ; mais aussi était-il tout
puissant ; ils l'arrosèrent de leurs larmes ,
et la remirent entre les bras de la fée, qui
s'éleva avec elle dans les airs. Toute la
cour la suivait des yeux et du cœur : de
nouveaux objets attirèrent toute l'attention, et forcèrent les spectateurs à quitter

de vue pour quelques instans la fée et la princesse.

Deux palais de cristal parurent à la distance des yeux ; et, lorsqu'on les eut considéré quelques instans, les mouvemens du cœur ramenèrent tous les regards vers la princesse. Mais, ô surprise ! on vit deux Clio, si parfaitement ressemblantes, qu'il n'était pas possible de les distinguer : elles tenaient chacune un enfant dans leurs bras, et s'avançaient vers ces beaux palais. A peine y furent-elles entrées, que l'un se fixa sur le sommet d'une montagne inaccessible ; l'autre s'éleva tellement dans les airs, qu'on pouvait à peine l'apercevoir.

Le roi et toute sa cour avaient les yeux fixés vers ces deux palais, sans pouvoir distinguer celui des deux qui renfermait la vraie Clio et la princesse leur fille. Le lecteur ne le distingue pas non plus, j'en suis sûre ; je dois l'en instruire. Cette multiplication était un effet de la malice d'Alecto : on le conçoit assez. Au moment de la conception de la princesse, les méchantes fées avaient épuisé leur art à douer du même tempérament la fille d'une femme de basse condition, qui avait reçu l'être au même instant; même tempérament, même conformation d'organes, même taille, mêmes dispositions pour les vices et les vertus.

La fausse Rannée fut conduite par Alecto dans le palais de cristal qui s'était fixé sur la montagne; et, pour empêcher qu'on ne découvrît sa fourberie, elle avait emprunté la figure de Clio. Cette dernière se riait de la malice de son ennemie. Alecto pouvait tromper le roi et toute la cour en la contrefaisant; mais il lui manquait un Mascave, et l'éducation allait mettre une différence infinie entre ces deux filles, si semblables d'ailleurs.

Clio enleva dans le même tems le prince de la Chine, et le transporta dans le palais aérien; mais, comme il importait à ses desseins qu'il ne fût pas connu pour ce qu'il était, elle déguisa son sexe, et lui donna les habits du sien. Elle avait transporté dans ce palais tous ceux qu'elle avait choisi pour lui aider à élever sa princesse ; et quelle attention avait-elle donné à ce choix important ? Toute l'Europe avait à peine suffi à ces recherches ; et, quoiqu'elle les eût pris parmi tout ce qu'il y avait de plus parfait, elle employa une année entière à perfectionner leurs talens, et à leur faire prendre des idées uniformes ; car rien ne nuit plus à l'éducation que la contrariété des vues des maîtres. A peine Rannée commença-t-elle à bégayer, qu'on découvrit en elle les germes pernicieux des vices que les méchantes fées avaient mis en son ame. Elle aimait si passionnément sa nourrice, qu'on ne pouvait l'arracher de ses bras, sans risquer de la faire tomber en convulsion : il n'y avait qu'un moyen de l'en déplacer. Clio prenait Mascave sur ses genoux ; aussitôt Rannée lui tendait ses petites mains, et s'efforçait de s'élancer pour partager le siége du prince. Comme

il avait trois ans plus que Rannée, Clio
ne le quittait pas une minute. Nul de ses
mouvemens n'échappait à la fée ; nulle
de ses actions dont elle ne tirât avantage
pour connaître et perfectionner ses dispositions naturelles. Mascave répondait à
ses vues, excepté en celle qu'elle avait le
plus à cœur. Il regardait Rannée comme
une sœur chérie ; mais ses sentimens venaient de l'habitude de la voir. Clio n'y
voyait point cette vivacité qu'elle remar-
quait dans ceux de la princesse. Clio fut
alarmée de cette indifférence, et n'oublia
rien pour la faire disparaître ; tout fut
inutile ; et plus d'une fois elle fut tentée
d'accuser l'Amour de n'avoir rempli que
la moitié de ses promesses. C'était pourtant pour les accomplir plus clairement
qu'il en retardait l'exécution ; mais Clio,
quoique fée, était mortelle. Ses vues
étaient trop bornées pour comprendre la
sagesse des dispositions des dieux qui
vont à leur but par les routes qui paraissent en éloigner.

Passons

Passons légèrement sur les premières
années de Rannée, qui n'ont rien de fort
intéressant. Il avait fallu lui ôter sa nourrice : cette femme qui était pourtant le
phénix de celles de son espèce, ne pouvait souffrir la contradiction pour son
élève : elle se persuadait que sa santé en
souffrirait ; et Clio ne put jamais lui faire
comprendre que la violence des passions
est beaucoup plus contraire à la forma-
tion des enfans qu'une sage contradiction
qui les met sous le joug. Rannée sentit
d'abord cette séparation avec tant de violence , qu'on eût dit que sa vie en était
en danger : la légèreté de son caractère
ne lui permit pas d'en être long-tems af-
fligée, et, au bout de vingt-quatre heures,
on la vit tranquille.

La légèreté de Rannée se décélait à
tous les momens : elle souhaitait avec passion une chose dont elle se dégoûtait le
moment d'après. Mascave était d'un caractère tout différent ; il s'attachait avec
difficulté , et il n'était pas possible de le

2 6

dégoûter d'une chose qu'on était parvenu
à lui faire aimer, à moins qu'on ne lui
prouvât qu'il avait eu tort de s'y attacher.

Ces différences de tempérament lui
inspirèrent bientôt de l'éloignement pour
Rannée : il ne pouvait se prêter à sa bizarrerie. Quoique la princesse n'eût que
cinq ans, elle s'aperçut bientôt que
Mascave la fuyait, et s'ennuyait avec
elle. Elle l'aimait avec tant de vivacité,
que cette froideur la jeta dans une sorte
de désespoir. Elle versait un jour des larmes amères dans un lieu écarté. Qu'avez-
vous, ma chère, lui demanda Clio, qui
la surprit en cette situation ? Je suis dé-
sespérée, ma bonne, lui répondit-elle ;
Mascave ne m'aime plus. Je n'en suis pas
surprise, lui répondit Clio, Mascave a
trop de raison pour aimer ce qui n'est
point aimable. Est-ce que je ne suis pas
aimable, lui répondit la princesse avec
vivacité ? J'ai beau regarder au miroir,
je ne trouve rien ici de plus beau que moi,

excepté Mascave. J'en conviens, lui dit
la fée ; mais les défauts de votre caractère font oublier la régularité de vos traits.
Mascave vous voit aujourd'hui avec indifférence ; bientôt elle vous méprisera ;
et parviendra enfin à vous haïr. Ah !
madame, j'en mourrais de douleur, s'é-
cria Rannée, en se jettant dans les bras
de Clio. Mais serait-il possible que Mascave pût me haïr ? elle serait bien ingrate, car je l'aime fort. Vous le croyez,
lui dit la fée : pour moi, je pense que vous
ne l'aimez guère, car vous faites à tous
momens des choses qui lui déplaisent.
Pensez-vous donc qu'elle puisse vous
trouver aimable, quand vous vous mettez en colère, et que vous manquez
douceur ; quand vous haïssez aujour
ce que vous aimiez hier à la folie
ma chère Rannée, Mascave ne
aimer avec tous ces défauts ;
lez qu'elle s'attache à vou
vous, suivez son exemple.
je vous le promets, dit

jourd'hui, je veux être telle que vous le voulez, et Mascave n'aura pas le cœur de me donner du chagrin.

Dans le moment, Mascave entra. Il tenait une carte de géographie qu'il voulut cacher par complaisance ; car Rannée qui s'était d'abord attachée à cette science avec passion, s'en était dégoûtée depuis un mois. Ne cachez pas votre carte, dit-elle à Mascave ; venez, ma chère sœur, nous étudierons : je ne veux plus aimer que ce qui vous amusera, à condition que vous m'aimerez aussi. Mascave avait le cœur excellent ; il fut touché de la complaisance de Rannée, et la ...naissance l'engagea à redoubler ses ...ons pour elle. Rannée, charmée ...gement qu'elle vit en lui, con ...rriger en elle tout ce qui dé ...Mascave : insensiblement elle ...e de conformer ses goûts ...ette habitude s'étant for ...lusieurs années, forma ...seconde nature. Mas-

ch...
reco...
attenti...
du chan...
tinua à cc...
plaisait à h...
prit l'habitua...
aux siens, et c...
tifiée pendant p...
en elle comme une

cave fut ravi de ce changement, et perdit
sans s'en apercevoir, le dégoût que lui
avaient inspirés les défauts de Rannée :
l'amitié y succéda, et de l'amitié à l'a-
mour, le chemin est aisé à faire à l'âge
de dix-huit ans.

Mascave était parvenu à ce terme :
Rannée finissait son troisième lustre, et
l'on eût eu peine à croire qu'elle n'était
pas née parfaite, tant l'exercice de toutes
les vertus lui était devenu naturel. Cet
aimable couple, sans curiosité pour
ce qui se passait dans le reste de l'univers, se suffisait à lui-même ; mais le
tems des grands événemens approchait.
Clio annonça à Mascave qu'il fallait se
séparer de Rannée ; et, quoiqu'elle flattât
ces enfans d'une prompte réunion, ils
furent inconsolables : il fallut arracher
Mascave des bras de Rannée, qui resta
sans sentiment dans ceux de Clio. Cette
fée employa, pour la consoler, tout ce
que l'amitié qu'elle avait pour elle, lui
put suggérer ; et, l'ayant vue plus tran-

3

quille , elle rejoignit Mascave , et prit
avec lui le chemin de la Chine.

Pendant le court espace qu'elle mit à
faire ce long voyage , elle instruisit le
prince de son sexe et des raisons qui l'a-
vaient engagé à le lui cacher. Mascave
rougit de se voir sous des habits de femme : mais la fée , d'un coup de baguette,
les changea , et ce qu'il y a de surprenant,
c'est que le jeune prince ne se trouva
point embarrassé de ces nouveaux habits.
Il jetait des yeux avides sur les contrées
diverses qu'il parcourait. Et, quoique la
nouveauté de ces objets fût bien capable
de faire diversion à ses pensées , ses yeux
se tournaient sans cesse sur le palais qu'il
venait de quitter. Il soupirait pour Rannée , mais d'une manière tranquille. Ses
sentimens pour elle n'avaient été jusqu'a-
lors qu'une amitié extrêmement tendre ;
le moment était venu où il allait en éprouver de plus vifs. Arrivé proche du palais
où son père faisait sa résidence , la fée
lui présente un cheval superbement enhar-

naché : elle l'arme de toutes pièces. Mascave admire avec plaisir ces nouveaux
ornemens ; un carquois rempli de flèches,
attire sur-tout ses regards : il examine
le carquois , et tire une flèche ; il essaie
sur le bout de son doigt, et se pique sans
le vouloir. Cette flèche était celle que lui
gardait l'amour. Les sentimens qu'il avait
pour Rannée se dévoilent , se fortifient ,
ou plutôt changent de nature. Les tourmens de l'absence redoublent : il dit à
Clio en soupirant : madame, que faisons-
nous ? pourquoi nous éloigner de Rannée ?
Ah ! je n'ai jamais connu , comme je le
sais à présent, le bonheur de vivre avec
elle : en serai-je privé pour jamais ?

Ainsi , l'amour, devenu passion, s'annonce par des tourmens : le soupir, enfant de la douleur , est le premier effet
qu'il produit ; l'inquiétude suit , la dé-
fiance , la crainte , et mille mouvemens
fâcheux que l'amour vertueux ignore.
Clio sourit, et, embrassant Mascave, lui
dit : mon fils , cette absence ne sera point

éternelle, vous reverrez Rannée ; mais
que je crains votre retour auprès d'elle !
vous serez le témoin de deux changemens
consécutifs en elle ; ce que vous aimez,
perdra ses grâces, perdra ses vertus ; vos
sentimens pour elle pourront-ils survivre
à cette perte ? Mascave frémit ; non, s'é-
cria-t-il, que les traits de Rannée changent, à la bonne heure ! Vous le savez,
sa beauté n'a pas fait naître en moi les
sentimens que j'y découvre en ce moment ;
il fut un tems où elle ne plaisait qu'à mes
yeux. Le seul changement de ses mœurs
lui a fait trouver le chemin de mon cœur.
Il serait, sans doute, déchiré, s'il était
forcé de perdre la douce habitude de l'a-
dorer ; toutefois, je sens que mon amour
pour elle ne pourrait survivre à mon estime : non, madame, si je cesse de l'estimer, je ne l'aimerai plus. Mais, pourquoi Rannée cesserait-elle d'être ver-
ueuse ? Pourquoi n'employez-vous pas
toute la puissance de votre art, pour la
préserver de ce malheur ?

Je puis tout sur les élémens, lui répondit Clio ; mais je ne puis rien sur les cœurs. Brûlez pour Rannée tant qu'elle sera digne de votre estime ; et souvenez-vous, si elle s'en rend indigne, que vous seriez avili en continuant de l'aimer : nous partageons l'infamie des objets de nos attachemens.

Cet entretien jeta un fond de tristesse dans le cœur de Mascave, que la joie de revoir les auteurs de sa naissance ne put dissiper entièrement. Il passa trois mois à la Chine, et, malgré les prédictions de Clio, il sentait que Rannée lui devenait plus chère chaque jour ; effet de la blessure qu'il s'était faite. L'amour de passion a des contradictions qui ne peuvent s'expliquer. Il sentait qu'il ne pouvait être heureux qu'en devenant l'époux de sa princesse : il frémissait dans la crainte de la voir devenir indigne de sa tendresse : il se flattait de pouvoir détourner le malheur dont elle était menacée. Cette dernière pensée l'emporta : il obtint

de ses parens la permission d'aller à Lutésie , pour demander la princesse à son
père. Clio l'avait averti qu'elle devait lui
être rendue deux jours après son arrivée
dans cette cour. Il y parut avec un cor-
tége superbe , et conduit par Clio qui
lui rendit Aris favorable. Par l'ordre de
la fée, toute la cour se rendit dans une
grande plaine ; et vit, avec des transports
de joie , les deux palais aériens s'approcher lentement : ils s'ouvrent ; les deux
Rannée sortent en même tems , et vont
se jeter aux pieds d'Aris et de Mithra.
Le doux nom de père sort en même tems
de leur bouche. Aris veut se livrer à la
joie ; son cœur s'y refusa. Une des deux
est sa fille : il frémit dans la crainte de se
tromper. La nature ne s'explique pas plus
clairement dans le cœur de Mithra ; on
se flatte que l'amour sera plus clair-
voyant. On prie Mascave d'approcher et
de décider entre ces deux rivales. Mais,
ô prodiges ! à peine ont-elles jeté les yeux
sur lui, que la vraie Rannée devient

d'une laideur horrible. Les dieux se dé-
clarent en ma faveur, s'écrie sa concur-
rente : la méchante Alecto n'a pu soutenir
sa supercherie, et le ciel la force à abandonner la malheureuse qu'elle voulait me
substituer. Le peuple qui ne réfléchit
guère, poussa des cris de joie, et demandait à haute voix qu'on lui abandonnât
cette laide créature, pour la punir du
crime qu'elle avait voulu commettre.
Aris, Mithra et Mascavé n'étaient pas
de ce sentiment. Ils se souvenaient que le
changement des traits de Rannée avait
été prédit, et la laideur de cette princesse
leur paraissait une preuve en sa faveur.
Mais comment faire revenir le peuple de
sa prévention ? La chose n'était pas possible, et on résolut d'attendre du tems des
lumières nouvelles.

Les deux Rannée furent logées dans
le même palais ; mêmes habits, mêmes
honneurs, mêmes carrosses de la part du
roi et de la reine. Cependant, la beauté
faisait son effet ordinaire. La fausse Ran-

6.

née gagnait chaque jour quelque chose dans les cœurs qu'elle avait intérêt d'attendrir. Mascave la visitait assidûment, et était surpris de lui entendre raconter les plus petites particularités de son enfance. Il est vrai que la princesse disgraciée de la nature les racontait avec la même exactitude ; mais les paroles de l'une avaient une persuasion qui manquait à la dernière. A mérite égal, une belle personne a des avantages infinis sur une laide. Insensiblement Mascave oublia le chemin de l'appartement de la vraie Rannée ; il ne bougeait d'auprès de celle pour laquelle son amour ne méritait plus ce nom. C'était une passion vicieuse, parce que la fausse Rannée n'avait rien qui pût entretenir un amour vertueux. Quand le sentiment qu'on nomme tendresse est poussé jusques-là, il cache à la vérité les défauts de l'objet aimé ; mais il ne les cache que superficiellement : l'estime s'anéantit faute d'aliment, et le fait d'une manière si imperceptible, que celui chez lequel elle meurt, est long-tems sans s'en apercevoir. Les inégalités de la fausse Rannée parurent alors aux yeux de Mascave pour vivacité, et l'égalité d'humeur de la vraie Rannée, pour indolence.

Je prie mes lecteurs, et sur-tout mes lectrices, de remarquer qu'à mesure que la passion de Mascave augmentait, son respect pour celle qui l'avait fait naître, diminuait. On s'offensa à la vérité la première fois qu'il osa manquer à la décence; mais ce fut de manière à ne le pas désespérer. La fausse Rannée n'avait pas pris l'habitude de se commander à elle-même : elle succomba bientôt. Mascave se crut d'abord le plus heureux de tous les hommes; à peine l'ivresse fut-elle dissipée, qu'il se fit horreur. Il ne douta plus que cette princesse, qui avait abandonné la vertu, ne fut la vraie Rannée : les paroles équivoques de la fée nourrissaient son erreur. Elle venait de se rendre indigne de lui; un dégoût insurmontable prit la place de sa passion satisfaite : il la voyait

alors telle qu'elle était en effet , et cette
vue redoublait son erreur ; car il recon-
naissait en elle tous les défauts qu'il avait
remarqué dans la vraie Rannée , en ses
premières années. Vous croyez peut-être
que son dégoût pour la fausse Rannée ,
était une disposition permanente ; non ,
les passions , je l'ai déjà dit , sont con-
tradictoires : il l'adorait , la méprisait ,
la haïssait par intervalle , et quelquefois
il éprouvait en même tems ces sentimens si
contraires ; en sorte qu'il pouvait s'appli-
quer ces vers d'un auteur fameux :

Je te hais et t'aime tout ensemble ;
Je ne puis vivre avec toi , ni sans toi.

Je n'ai rien dit des dispositions de la
vraie Rannée. Sa douleur avait été extrême. Clio , invisible pour le reste de la
cour, ne l'avait point abandonnée. Pourquoi vous affligez-vous , lui disait-elle
quelquefois , des assiduités de Mascave ,
pour votre rivale ? elles avancent sa guérison , en lui donnant moyen de découvrir les défauts de cette fille. Ah ! ma

bonne ; lui disait la princesse , je par-
donne à tout le monde de me méconnaî-
tre ; mais je ne pourrai jamais oublier
l'erreur de Mascave : son cœur devrait-il
balancer entre moi et ma rivale ? Clio
riait de la colère de Rannée , et , cependant s'affligeait de l'oubli du prince. La
volupté serrait chaque jour les liens qui
l'attachaient à la fausse princesse. Vingt
fois par jour , le mépris , le dégoût le
chassaient de son appartement , et vingt
fois l'habitude l'y ramenait. Dans un de
ces momens de dégoût , il passa proche
de l'appartement de Rannée , et son inquiétude le porta à y entrer. Il cherche
dans sa conversation du soulagement à
l'ennui qui le poursuivait sans cesse ; il
retrouve dans ses discours ces grâces qui
l'avaient autrefois charmé. Il oublie en
l'écoutant le changement de ses traits : à
la sagesse de ses discours , il croit retrou-
ver sa princesse ; un regard jeté sur elle
réprime ce retour de son cœur. Il baisse
les yeux , l'écoute encore : son ame s'a-

gite ; il se jette à ses pieds , et perd à côté
d'elle ce langage respectueux auquel elle
était accoutumée , et que son ame vertueuse pouvait seule entendre. Arrêtez ,
téméraire , lui dit Rannée , avec cette
autorité que donne la vertu. Mon cœur et
mes sentimens ont moins de ressemblance
avec ceux de ma rivale , que les traits de
mon visage : portez-lui ce langage que je
dédaigne ; l'horreur succède à la tendresse que vous sûtes m'inspirer autrefois.

Ces paroles de Rannée furent un trait
de lumière pour Mascave. La vertu de la
princesse dissipe l'illusion ; il ne daigne
plus consulter ses sens qui l'avaient si
cruellement déçu. Son ame reconnaît l'ame
de la vertueuse Rannée : il retombe à ses
pieds ; mais dans les dispositions du plus
vif repentir. Quel crime ai-je commis ,
s'écria-t-il ? et comment me flatter d'obtenir le pardon d'une telle offense ? Ah!
Rannée , que ne pouvez-vous lire dans
mon cœur ! les remords le déchirent : vous

êtes vengée! rendez-moi votre amour.

Le cœur entend le langage du cœur.
Rannée conçut que le repentir du prince
était sincère ; l'amour plaidait sa cause.
Cependant elle craignait d'occasionner
une rechute par un pardon trop facile.
Clio vint la tirer de cet embarras. Elle
parut tout-à-coup, et relevant Mascave,
que la honte empêchait de lever les yeux
vers elle : vous triomphez, Rannée, dit-
elle à la princesse ; c'était à votre persé-
vérance dans la vertu, que les dieux
avaient attaché le retour de Mascave, et
celui de votre beauté. A ces mots, Mascave jette les yeux sur la princesse ; il
reconnaît ces traits enchanteurs qui l'a-
vaient séduit dans sa rivale, et il y retrouve ce qui manquait à la dernière, ce
fard qui n'appartient qu'à la pudeur et à
la décence, d'ajouter à la beauté, et qui
l'embellissent encore. Clio les conduisit à
l'appartement du roi et de la reine qui,
à la vue de la fée, ne peuvent plus douter qu'elle ne soit leur fille. Dans le même

tems, on entendit des cris épouvantables
dans l'appartement de la fausse Rannée :
elle était devenue si affreuse, que ne pouvant supporter sa vue, elle mit fin à une
vie que la perte du cœur de Mascave allait lui rendre odieuse.

Mascave et Rannée ne purent s'empêcher de donner des larmes à cette infortunée. Voilà, dit Clio, en s'adressant à
la princesse, le sort qui vous était pré-
paré par Alecto. La nature n'avait mis
aucune différence entre vous et cette fille
infortunée. L'éducation, l'amour ont rec-
tifié votre cœur, et y ont fait naître cette
vertu qui vous rend aujourd'hui un père,
une mère, un trône et un époux. N'oubliez jamais combien vous lui êtes redevable, et que votre fidélité envers elle
assure pour jamais la félicité que vous
tenez d'elle.

~~~~~~~~~~~~~~~~~~~~~~~~~~~~~

HENRIETTE,

OU

Que de précautions à prendre , quand il est question de choisir une Gouvernante !

CONTE.

~~~~~~~~~~~~~~~

HENRIETTE est fille unique d'un marchand extrêmement riche. Elle eut malheureusement pour mère une de ces femmes indolentes , qui se persuadent qu'une santé délicate leur donne droit de négliger les devoirs les plus essentiels. Cette fille étant unique , fut toujours l'idole de ses parens ; et , comme sa mère ne voulait pas prendre la peine de l'élever elle-même, elle s'empressa de lui chercher une gou-

vernante. Comme on destinait Henriette
à épouser un homme de qualité, on eut
grand soin de choisir une personne qui
pût effacer en elle jusqu'aux vestiges
d'une naissance roturière. On prit donc
une femme à grands airs. On s'informa
soigneusement si elle savait très-bien le
français, et ce fut le seul article qu'on
daigna approfondir. Elle était en Hollande depuis peu de tems : elle avait,
disait-elle, quitté la France, et même
un couvent où elle avait été élevée, par
une inspiration du Saint-Esprit, qui lui
avait fait connaître la fausseté de la religion de ses pères. Elle avait fait abjura-
tion en arrivant en Hollande, et, depuis
trois mois qu'elle y était, son hôte, le
ministre qui l'avait instruite, assurait
qu'elle était de bonnes mœurs. C'était
plus qu'il n'en fallait pour les parens
d'Henriette. Mademoiselle *Benoît* (c'é-
tait le nom de cette gouvernante), fut
reçue avec confiance. On lui recomman-
da d'élever son élève en fille de qualité ;

et, sur-tout, de ne la point contraindre.
L'amitié d'Henriette, si elle pouvait l'acquérir, serait l'assurance d'une bonne
pension pour le reste de sa vie.

Mademoiselle Benoît souscrivit aveu-
glément à cette dernière condition. En
cherchant une place, elle s'était proposé
de s'assurer du pain. Les progrès de son
élève dans la morale n'avaient pas été
comptés parmi les choses dont on devait
lui tenir compte ; aussi n'en fut-il jamais
question. Henriette était naturellement
bonne ; elle joignait, à beaucoup d'esprit,
une grande vivacité et un cœur extrêmement tendre. Il ne faut donc pas s'étonner
si elle s'attacha prodigieusement à une
femme dont l'unique application était
d'étudier ses goûts pour la satisfaire. La
gouvernante aimait beaucoup les romans.
Henriette ne tarda pas à les dévorer. Les
conversations roulaient ordinairement sur
ce que l'on avait lu ; tout conspirait donc
à nourrir chez cette fille infortunée le désir
d'aimer et d'être aimée ; elle attendait

avec impatience le moment heureux où
elle devait rencontrer le mortel destiné à
lui plaire. Les spectacles, les promenades,
les bals, les assemblées, sont les lieux où
se nouent ordinairement les intrigues ; et,
comme mademoiselle Benoît, quoiqu'elle
eût passé trente ans, se croyait encore en
état d'inspirer de l'amour, elle y condui-
sait son élève, le plus souvent qu'il lui était
possible. Vous remarquerez, s'il vous
plaît, que cette gouvernante était sage,
selon l'idée qu'on attache dans le monde à
ce terme : elle eût été au désespoir de
voir faire à Henriette quelque chose de
contraire à la vertu, ou, pour parler plus
juste, à ce qu'elle croyait la vertu : malheureusement ses idées à cet égard étaient
fausses. Elle croyait qu'on pouvait, sans
blesser son devoir, s'occuper de ses charmes, ne rien oublier pour les relever par
la parure, chercher à plaire, aimer même,
pourvu qu'on s'en tînt aux seuls sentimens
du cœur, à un amour platonique. Une
telle personne est mille fois plus perni-

cieuse, auprès d'une jeune fille, qu'une femme déréglée, dont les maximes révolteraient un cœur innocent.

Cependant, les parens d'Henriette regardaient leur gouvernante comme la huitième merveille du monde; elle n'ouvrait la bouche, en leur présence, que pour faire l'éloge de leur fille : c'était une personne toute parfaite, chez laquelle la nature avait fait tout ce qu'on pouvait attendre de l'éducation. Cette conduite la leur faisait regarder comme une femme qui avait le discernement exquis, et leur confiance en elle était sans bornes.

Cependant le moment fatal approchait où Henriette allait apprendre qu'une vertu de tempérament, et qui n'est pas fondée sur la religion, est un verre fragile : elle allait être convaincue que celles qui n'ont pas soin de mettre une garde sûre à leur cœur, ne peuvent compter sur leur sagesse. Elle avait été priée d'un bal où sa mère, qui ne pouvait veiller, l'envoya avec mademoiselle Benoît: Henriette y vit un

aventurier qui se faisait passer pour un
baron, et se crut frappée, à sa vue, de
ce trait inévitable lancé par la sympa-
thie. Le faux baron, qui était instruit de
ses grands biens, de son caractère, et de
celui de sa gouvernante, joua l'éblouisse-
ment à sa première vue. Il répéta, mot à
mot, les scènes dont les romans modernes
offrent des modèles, pendant qu'un homme
de son espèce, et qui lui était dévoué,
s'efforçait de persuader à la Benoît la
passion la plus vive. La nuit parut courte
à nos deux pauvres dupes ; elles se retirèrent toutes occupées de leur aventure ;
et, comme elles avaient, comme par hasard, appris aux deux étrangers le lieu où
elles se promenaient tous les jours, elles
ne doutèrent pas de les y trouver le lendemain. Elles ne furent pas trompées dans
leur attente : on se promena ; et la Benoît,
qui ne voulait rien perdre des discours
tendres de son nouvel amant, permit à
son élève de marcher quelques pas devant
elle avec le baron. Les rendez-vous furent
multipliés ;

multipliés ; enfin, dans le dernier, le baron joua le rôle d'amant timide, n'osa
parler que des yeux, et laissa échapper,
parmi les regards de tendresse, des soupirs qui paraissaient plus les enfans du
chagrin que de l'Amour. Henriette fut
mille fois tentée de lui demander le sujet
de sa tristesse ; mais la crainte d'une déclaration trop prompte, pour être dans la
règle du bon roman, la retint.

Cependant, l'ami du baron, qui se faisait appeler comte, n'avait pas été si cir-
conspect avec la Benoît. Il lui avait
avoué qu'il l'adorait, qu'il était résolu de
mettre à ses pieds une fortune considérable ; mais qu'il se voyait forcé de différer
à un autre tems l'accomplissement d'un
dessein qui pouvait seul le rendre heureux. L'amitié, lui dit-il avec un désespoir feint, me force à m'arracher à l'a-
mour. Un pareil discours ne pouvait
qu'alarmer la Benoît et exciter sa curiosité : elle pressa le comte de lui ouvrir
son cœur ; et ce fourbe, feignant de ne

pouvoir lui rien refuser, lui fit cette fausse
confidence :

Le baron et moi, lui dit-il, sommes liés
dès l'enfance de l'amitié la plus étroite, et
je sens que la mort seule peut en rompre
les nœuds. Sorti du sang le plus illustre,
la fortune de mon ami ne répond point à
sa naissance; et ses parens, dès sa jeunesse, lui ont ménagé une ressource, en
le faisant entrer dans l'Ordre Teutonique.
La raison seule a faire souscrire mon ami
aux engagemens que sa famille a pris
pour lui ; il se proposait de repasser in-
cessamment en Allemagne pour s'engager
irrévocablement ; la vue de la belle Henriette a renversé toutes ses résolutions.
Vainement lui ai-je remontré l'inutilité
de sa passion. Les parens de celle qu'il
adore ne consentiront jamais à l'unir à
un homme sans fortune : il ne peut donc
qu'être malheureux, s'il s'abandonne au
penchant de son cœur. Il ne me reste
qu'une ressource pour lui, c'est de l'arracher de ces lieux, de le forcer à me sui-

vre en Allemagne, et de ne l'abandonner qu'au moment où des vœux le forceront à renoncer à toute espérance. Vous voyez, mademoiselle, ajouta le faux comte, que l'honneur ne me permet pas d'abandonner mon ami dans une occasion si dangereuse. Il faut que je vous quitte; et, ce qui met le comble à mon désespoir, c'est que je ne puis me promettre de vous revoir avant six mois, qui me paraîtront six siècles; mais, si vous daignez partager mon amour, je jure de revenir aussitôt que mon ami se sera fixé, et de vous faire, dans ma patrie, un sort digne de vous.

La Benoît frémit en apprenant la résolution du comte. Mille accidens pouvaient déranger un établissement dont elle était éblouie. Quelque bonne opinion qu'elle eût de ses charmes, elle craignait tout d'une si longue absence : un nouvel objet, un retour sur ce qu'il devait à la noblesse de son sang, pouvaient lui faire perdre le comte. Elle resta quelque tems rêveuse; puis, reprenant la parole, elle dit à son

2

amant: J'avoue que les parens d'Henriette
ont l'ame intéressée : cependant la haute
naissance du baron pourrait les éblouir.
J'ai quelque pouvoir sur leur esprit ; et,
si vous consentez....

Ah ! gardez-vous de leur laisser péné-
trer nos sentimens, dit le comte en l'interrompant ; quand même la différence
des religions ne serait pas un obstacle invincible à leur consentement, je ne pourrais me flatter d'obtenir l'aveu du père du
baron ; fier de sa noblesse, tout l'or du
Pérou ne pourrait l'engager à une mé-
salliance. Je vous le répète, la fuite est le
seul remède que je doive tenter pour sauver mon ami. Je vais employer tout le
pouvoir que j'ai sur son esprit pour l'engager à partir dans deux jours ; et, si
vous voulez vous trouver demain à l'O-
péra, je vous y dirai un adieu qui sera
bien cruel pour moi, mais qu'il ne m'est
pas possible de retarder plus long-tems.

La Benoît aurait peut-être, dès cet
instant, proposé le honteux projet d'un

enlèvement; mais quelques personnes de
sa connaissance, ayant paru à la promenade, elle fût forcée de quitter les deux
aventuriers, qui ne doutèrent plus du succès de leurs artifices.

A peine Henriette et sa gouvernante se
dirent-elles un mot pendant le chemin. Si
la Benoît était occupée de la crainte de
perdre son amant, Henriette ne l'était pas
moins de la tristesse qu'elle avait cru démêler sur le visage du baron. La Benoît,
en lui répétant la conversation qu'elle
avait eue avec le comte, la pénétra de
douleur, et lui expliqua la cause de la
tristesse de son amant. Elle passa les premiers momens à accuser la fortune qui
lui avait refusé un sang avec lequel le
baron pût s'allier sans honte; ensuite elle
se disait à elle-même, que son amant l'aimerait bien peu, s'il cédait aux instances
de son ami. Quelques momens après, elle
se rappelait l'extrémité où elle serait réduite, si l'amour l'emportait sur la raison. La Benoît la laissa long-tems livrée à

3

elle-même; et, lorsqu'elle la vit épuisée
par les mouvemens contraires qui l'avaient
agitée tour-à-tour, elle lui dit qu'elle ne
voyait qu'un remède à ses maux; mais
qu'il lui fallait du courage pour le mettre
en pratique. Henriette, l'ayant pressée
de parler, elle lui dit:

Il est certain, mademoiselle, que le
baron vous adore; le comte m'a fait entendre qu'il cherchait, depuis trois mois,
l'occasion de vous déclarer ses sentimens.
Son amour, auquel il est déterminé à sacrifier sa fortune, n'a point été soutenu
par l'espoir. L'orgeuil de ses parens, l'a-
varice des vôtres, sont des obstacles in-
vincibles à son union avec vous; si vous
êtes résolue à ne vous donner que de leur
consentement, il faut donc vous résoudre
à le laisser partir et à l'oublier, ou à vous
donner à lui sans attendre un aveu, dont,
après tout, vous pouvez vous passer l'un
et l'autre.

Quelque passionnée que fût Henriette,
elle frémit à cette proposition; mais sa

faible vertu ne put la soutenir contre le
danger de perdre son amant, et, encou-
ragée par son indigne gouvernante, elle
la laissa maîtresse de sa conduite. La
Benoît annonça le soir, au comte, que son
élève était prête à faire tout ce qu'il croirait le plus propre à sauver son ami ; que
cette jeune personne lui avait avoué qu'elle
aimait passionnément le baron, et qu'elle
serait malheureuse avec tout autre époux,
fût-il un prince. Je n'ai pas eu le courage,
ajouta la Benoît, de la jeter dans le désespoir, en combattant inutilement une passion insurmontable ; et, pourvu que votre
ami lui donne sa foi en ma présence et en
la vôtre, elle le suivra par-tout en qualité
d'épouse. Pour vous, mon cher comte,
qui ne dépendez que de vous même, je ne
crois pas que vous remettiez à un autre
tems ce que vous avez dessein de faire en
ma faveur. Nous pouvons nous unir ici,
et suivre ensuite nos jeunes époux. Le faux
comte parut transporté de joie à cette proposition : il n'entretint la Benoît que de la

4

vie heureuse qu'il se promettait de passer
avec elle, des agrémens qu'il se proposait
de lui procurer; mais, après s'être livré,
sans mesure, à ses transports, il parut
tout-à-coup comme frappé d'une réflexion
subite, et dit à la Benoît : Hélas! ma
reine, je n'ai d'abord été occupé que de
la ravissante pensée d'être à vous; l'excès
de ma joie semblait avoir anéanti tous les
obstacles qui pouvaient retarder ma félicité. Momens heureux ! faut-il que la
cruelle raison vienne vous troubler?

Que signifie ce discours ? reprit la Benoît toute troublée; au moment où ma
tendresse pour vous écarte les obstacles
qui paraissent insurmontables, vous avez
de nouvelles difficultés à m'opposer?

Ecoutez, ma chère, ma sincérité à
votre égard va vous prouver la réalité de
mon attachement. Je vous ai dit que j'é-
tais riche, et que je pouvais vous faire un
établissement avantageux; et, certainement, je ne vous ai pas trompé : cependant, vous le pouvez être, si vous conce-

vez qu'un homme riche en Allemagne, le
soit en Hollande. En vivant dans mon
pays, je puis y entretenir un équipage et
un nombreux domestique avec mon revenu, qui suffirait à peine pour me faire
vivre ici en simple gentilhomme. Je ne
vous cacherai pas même que mes voyages
m'ont un peu dérangé; que je serai forcé
de passer deux ou trois ans sur mes terres,
pour me mettre en état de paraître à la
cour de mon prince, sur le même pied où
j'y étais autrefois. Vous concevez, par
cette confession sincère, que je suis hors
d'état de mettre mon ami en situation de
profiter de vos bontés et de celles d'Henriette : car je ne puis vous dissimuler que
cette jeune personne ne serait pas en sûreté sur mes terres. La famille du baron
est puissante : on traiterait d'illusion son
mariage avec Henriette; du moins se
croirait-on autorisé à le faire casser; parce-
que mon ami n'a pas l'âge fixé par les lois,
pour se marier sans le consentement de
ses parens. Il faudrait donc qu'il pût se

5.

soutenir jusqu'à cet âge, avec honneur,
dans un pays étranger. J'emploierais ce
tems à faire revenir ses parens de leur ridicule entêtement : je peindrais les vertus,
la beauté, les grands biens d'Henriette;
peut-être triompherais-je d'un vain fan-
tôme ; je ferais valoir sur-tout l'indissolu-
bilité du mariage de mon ami, lorsqu'il
l'aurait réhabilité dans un âge convenable;
que, s'il ne m'était pas possible de le ré-
concilier avec ses parens, je pourrais me
flatter d'appaiser ceux d'Henriette qui,
voyant ce qu'ils appelleraient un mal
sans remède, seraient forcés de s'y prêter. Mais encore une fois, tous ces projets
tombent et s'évanouissent, faute de pouvoir donner au baron le moyen de subsister
honnêtement en Angleterre, où il aurait
dessein de conduire Henriette, si la fortune ennemie n'y mettait un obstacle qu'il
n'est pas en notre pouvoir de détruire.

Pendant ce long discours, la Benoît
s'extasiait sur la probité d'un amant si
honnête homme : à la vérité, elle avait

compté sur une fortune brillante ; et il
fallait rabattre de ses idées à cet égard ;
mais cette fortune, toute médiocre qu'elle
eût paru en Hollande, était considérable
en Allemagne : elle était préférable à la
pension que sa fidélité pour les parens
d'Henriette pouvait lui assurer ; et d'ailleurs, elle serait unie pour jamais à un
amant qu'elle aimait, et dont elle était
adorée ; à un amant qui s'était exposé à
la perdre, plutôt que de la tromper ; à un
homme, enfin, dont l'ame était si belle,
qu'il ne pouvait se résoudre à sacrifier le
bonheur de son ami au sien propre. Elle
entrevoyait un moyen de faire disparaître
le seul obstacle qui pouvait retarder son
mariage ; cependant, comme il dépendait
d'Henriette, elle demanda jusqu'au lendemain pour répondre au discours du
comte.

Quelqu'amoureuse que fût la Benoît,
elle n'avait pas l'ame assez basse pour
conseiller un vol à Henriette ; mais si
cette jeune fille se déterminait elle-même

6

à prendre une partie du bien qui devait
lui appartenir un jour tout entier, elle se
disait à elle-même que cette action pouvait être excusée par les circonstances où
elle se trouvait.

Lorsqu'elle fut seule avec Henriette,
elle lui répéta, mot pour mot, la conversation qu'elle avait eue avec le comte,
sans ajouter une seule parole qui pût l'exciter à prendre des mesures capables de
faire réussir leur criminel dessein. Hélas!
la faible Henriette n'avait pas besoin d'être
sollicitée: après avoir consenti au premier
crime, voler son père lui parut une bagatelle qui ne méritait pas le plus petit scru-
pule. Elle se saisit d'un porte-feuille qui
ne renfermait heureusement que trois
mille pièces en billets de banque; et la
nuit suivante, ces deux abusées furent
joindre les deux fourbes qui les atten-
daient. Le baron, à qui Henriette avait
remis le porte-feuille, partagea ses trois
mille pièces avec son complice, qui prit
le chemin d'Allemagne avec la Benoît;

et, pour né plus parler de cette malheureuse, le faux comte mit une dose d'opium
dans son vin, lorsqu'ils furent à la dernière ville de la république, et l'abandonna
dans une auberge, en lui enlevant son argent et ses hardes. Cette femme apprit à
son réveil le départ de son perfide; et,
comme on la croyait mariée avec ce scé-
lérat, on lui fit une quête, avec laquelle
elle retourna en France, où elle s'enferma
dans une maison de pénitence, d'où elle
écrivit aux parens d'Henriette une confession de tous ses crimes.

J'ai oublié de vous dire qu'Henriette,
en quittant la maison paternelle, avait
laissé une lettre pour son père. Elle lui
demandait mille pardons de la démarche
que l'amour la forçait de faire; lui disait
qu'elle allait en France, et qu'il appren-
drait bientôt qu'elle avait fait une alliance
au-dessus de tout ce qu'elle pouvait pré-
tendre.

Un coup de foudre eût donné moins de
frayeur à ce père infortuné, que ne lui en

causa la lecture de cette fatale lettre. Il
ne perdit pourtant pas le jugement dans
une telle extrémité. La femme-de-chambre
de sa fille avait seule la connaissance de
la fuite de sa maîtresse. Le père tombe à
ses pieds, lui promet une fortune considérable pour prix de son silence; et, ayant
tiré d'elle le serment le plus sacré, pour
assurer le secret qu'elle lui promettait, lui
propose de se rendre dans une maison de
campagne qu'il avait à quinze lieues de-
là, et de l'y attendre quelques jours. On
fit venir à grand bruit un carrosse à quatre
chevaux; le marchand dit tout haut que
sa fille, sa gouvernante et sa femme-de-
chambre, allaient à sa maison de campagne, et qu'il les suivrait à cheval. Il eut
soin, pendant que le cocher arrangeait
quelques malles que la femme-de-chambre avait remplies, d'envoyer tous les
domestiques à diverses commissions, et fit
partir la femme-de-chambre seule, après
lui avoir remis cent louis d'or pour arrhes
de ce qu'il lui avait promis.

Pendant que ce père prudent dévorait le désespoir auquel son ame était en proie, son épouse dormait tranquillement, sans se douter de la perte qu'elle venait de faire. Le marchand monta dans sa chambre, et lui dit, de l'air le plus tranquille en apparence, qu'il avait commis une faute à son égard, dont il espérait le pardon. Il s'est présenté, lui dit-il, pour Henriette une occasion favorable de voir la France. Une dame anglaise, du premier rang, me l'a demandée pour deux mois. J'ai craint votre tendresse, ma chère : vous m'auriez peut-être empêché, par vos larmes, de tenir la parole que j'avais donnée ; et, comme il y va de la fortune de notre enfant, j'ai cru devoir la faire partir sans vous en avertir. Alors, sans donner à sa femme le tems de lui faire des reproches, il forge à l'heure même un roman : cette dame avait un fils unique à qui elle souhaitait inspirer du goût pour Henriette ; et, par des raisons de famille, elle voulut que cela fût secret.

La mère d'Henriette gronda, se plaignit, pleura, s'appaisa ensuite, et promit à son époux de paraître tranquille, et de dire que sa fille était allée à la campagne, où elle allait elle-même passer quelques jours ; mais, au lieu de lui faire prendre la route de cette maison, le marchand la conduisit chez un ami, auquel il ne pouvait se dispenser de confier son secret. Ce fut là qu'il apprit à son épouse la vérité de toute cette aventure, et qu'il la conjura de lui aider à dérober à toute la terre la mauvaise conduite de sa fille. Il pria son ami de faire partir des exprès pour toutes les villes frontières de France, avec des lettres adressées à tous les commandans des places, pour les conjurer de faire mettre Henriette dans un lieu de sûreté : mais ces lettres ne partirent pas ; le marchand apprit, par hasard, que sa fille s'était embarquée dans un vaisseau qui partait pour l'Angleterre, et il se détermina à l'y suivre. Une maladie dangereuse, que le chagrin occasionna à son

épouse, ne lui permit pas de l'abandonner ;
et les perquisitions exactes qu'il fit faire
par toute l'Angleterre, ne lui ayant donné
aucune lumière sur le sort de sa fille, il se
persuada que son ravisseur l'aurait conduite en Allemagne. De retour chez lui,
il publia qu'Henriette était allée en France
chez une de ses sœurs, et qu'elle y passe-
rait quelques mois.

Cependant, cette fille infortunée arriva
à Londres, où son amant la tint soigneusement enfermée, sous prétexte de la dérober aux perquisitions qu'on ferait d'elle.
Les premiers jours, il partagea sa soli-
tude ; mais bientôt, dégoûté par la possession, il ne daigna pas lui cacher l'ennui
qu'elle lui inspirait. Henriette lui avait
rappelé plusieurs fois la promesse qu'il lui
avait faite de l'épouser, et il en avait éludé
l'accomplissement sous divers prétextes.
Enfin, ce monstre, las de dissimuler, lui
déclara sans détour, qu'elle ne devait pas
compter sur lui, à moins de se soumettre
aux vues qu'il avait sur elle. J'ai joué,

lui dit-il, et un revers de fortune m'a fait perdre la somme sur laquelle nous comptions pour notre subsistance ; mais ce malheur peut se réparer. Vous êtes jeune, aimable, ajouta-t-il ; les Anglais sont généreux : un seigneur, épris de vos charmes, s'offre à pourvoir à notre subsistance ; ma main sera le prix de votre complaisance pour lui.

Vous croyez peut-être qu'Henriette, si cruellement trompée, exhala sa douleur par des reproches et des injures ; non : le mépris, l'horreur qu'elle conçut pour l'abominable homme auquel elle avait tout sacrifié, fut chez elle un sentiment dominant qui étouffa tous les autres. Elle se leva sans dire un seul mot, et s'enferma dans son cabinet, ne pouvant soutenir la vue du faux baron. Celui-ci ne s'était pas attendu à tant de modération ; et, croyant que sa maîtresse se rendrait bientôt, et prendrait le parti qui semblait être pour elle le seul à prendre ; il ne voulut pas la presser pour ce moment, et sortit pour quelques heures, et la laissa à elle-même.

Henriette, seule dans son cabinet, y éprouva d'abord une sorte d'anéantissement qui lui ôta l'usage des facultés de son ame; ensuite, par un mouvement machinal, elle se jeta à genoux, leva les yeux et les mains au ciel, sans pouvoir ni former un sentiment, ni proférer une parole, ni même jeter une seule larme. Son cœur était pourtant d'accord avec sa posture: cette attitude était la seule prière dont elle fut capable alors, et c'était vraiment une prière, car elle était accompagnée d'un sentiment confus de son impuissance, d'un aveu de sa confiance en l'Être Suprême qui seul pouvait la secourir. Ses sentimens percèrent jusqu'au trône de la miséricorde de Dieu; sa grâce les avait excités en elle : elle avait obéi à cette grâce ; il se hâta de la secourir. Une lumière vive vint éclairer cette malheureuse fille, et lui découvrit la seule ressource qui lui restait. Fidelle à cette lumière, elle se lève, fait un petit paquet

des hardes qui lui étaient restées, sort
de la chambre et de cette maison, avec
autant de précipitation que si elle eût
craint de la voir s'écrouler. Henriette,
n'ayant aucune vue fixe, marcha assez
long-tems : enfin, un embarras de carrosses l'ayant forcée de s'arrêter, elle lut
un billet qui lui apprit qu'il y avait dans
la maison proche de laquelle elle était,
une chambre, ou plutôt un grenier à
louer. Heureusement pour elle, la femme,
à laquelle appartenait ce grenier, enten-
dait le français, et avait de l'humanité
et de l'honneur. Elle fit quelques questions à Henriette, qui l'assura qu'elle ne
recevrait aucune visite, et qu'elle ne
sortirait qu'une fois la semaine pour
vendre son ouvrage. Cette femme, à qui
la figure d'Henriette avait donné quelque
crainte, fut tranquillisée par ce discours.
Elle la reçut, et consentit par la suite à
lui donner en échange de son travail,
l'absolument nécessaire pour ne pas mourir de faim.

A peine Henriette fut-elle seule, qu'elle
se rappela tout ce qui lui était arrivé,
comme un songe dont elle n'aurait pu
constater la réalité, si l'état déplorable,
dans lequel elle était réduite, ne l'eût
forcée de s'avouer l'existence de son
désordre et de ses suites. Alors, comme
si elle eût appris dans ce moment tout ce
qui s'était passé, elle se sentit saisie d'une
si grande confusion que, quittant avec
précipitation la place qu'elle occupait,
elle courut se cacher dans un recoin
obscur où, se pressant contre la muraille,
elle semblait vouloir s'y enfoncer pour se
dérober à elle-même sa propre vue; vain
effort, toutes les funestes démarches qui
l'avaient conduites à sa ruine, étaient
rangées devant ses yeux : c'était comme
un cercle d'ennemis rangés en bataille
autour d'elle, qui la pressaient et l'envi-
ronnaient de telle sorte qu'ils ne lui lais-
saient aucune issue pour s'échapper ; elle
n'osait ni lever les yeux, ni respirer, ni
faire le moindre mouvement. Elle ne fut

tirée de cette situation que par une autre
plus pénible. Tout-à-coup, l'image de
son père et de sa mère mourant de douleur
et de désespoir s'offre à ses yeux. Ils
l'accusent de leur mort, lui rappellent la
tendresse qu'ils lui ont toujours témoignée,
et la triste récompense qu'ils en ont reçue.
A l'instant, elle tombe contre terre, leur
demande pardon avec de grands cris, leur
tend les bras, et il lui semble qu'ils la re-
poussent avec horreur. Ses parens, ses
amis, tous ceux qu'elle a connus, semblent aussi se joindre à eux. Les uns lui
reprochent l'infamie dont elle a couvert
tous ceux qui ont le malheur de lui être
liés par le sang : les autres se reprochent
les égards qu'ils ont eus pour une créature qui les méritait si peu; les derniers
insultent à son malheur, se réjouissent
de la voir humiliée, lui reprochent sa
hauteur, sa vanité, la félicitent ironique-
ment sur la haute alliance qu'elle a con-
tractée. L'ame de la pauvre Henriette ne
put supporter tant d'assauts : elle s'éva-

nouit , et demeura long-tems privée de
l'usage de ses sens ; car il était nuit lorsqu'elle revint à elle.

Depuis plusieurs mois , Henriette tra-
vaillait seule dans son grenier , et souffrait
tout ce que l'indigence a de plus affreux
pour une personne élevée dans l'abondance. Ses larmes ne tarissaient point pendant
ce tems ; et , sans le secours de la prière ,
elle aurait succombé mille fois à son
désespoir. Le hasard , ou plutôt la Providence lui firent connaître une dame
vertueuse qui la mit dans un lieu plus
décent , la consola , et la réconcilia enfin
avec son père qui vint la reprendre , lui
pardonna , et lui rendit sa tendresse ,
qu'elle n'avait que trop mérité de perdre.

MARIANNE

MARIANNE ET ROBILLARD,

O U

L'Amant anobli par l'Amour.

C O N T E.

~~~~~~~~

QUE l'amour soit une passion dangereuse, c'est une vérité qui semble confir-
mée par mille exemples. Ecoutez ces
misanthropes de profession qui se font
un honneur de décrier des sentimens qu'ils
n'ont jamais éprouvés. C'est à l'amour
qu'ils imputent la plupart des désordres
sur lesquels ils se font un devoir de faire
d'éternelles lamentations. J'ose combattre
leurs préjugés.

L'amour, si je puis m'exprimer ainsi,
prend la couleur de l'ame qu'il possède :

rarement fait-il un coquin d'un honnête homme ; et il est arrivé fort souvent qu'il a fait un honnête homme d'un fripon. Le désir de plaire nous fait adopter ordinairement les inclinations, les goûts, les penchans de l'objet aimé ; sur-tout lorsqu'ils n'ont rien d'opposé aux principes de cette probité naturelle, que chaque homme porte gravée dans le fond de son cœur. Il est vrai qu'un homme d'honneur peut être séduit par des dehors trompeurs, et livrer son cœur à un objet méprisable ; mais l'illusion ne peut être durable, et bientôt un examen plus réfléchi lui découvrant, dans l'objet de sa flamme, des défauts essentiels, il ne tardera pas à se guérir.

Je sais que cette règle a quelques exceptions, et qu'on a vu souvent une inclination mal placée, déranger la probité qui paraissait la plus solide ; mais je soutiens que cette probité était bien superficielle ; et, après tout, ces exceptions ne détruisent pas la vérité que je soutiens. L'exemple suivant le prouvera bien plus que tout ce que je pourrais vous dire.

Un marchand de Paris, fort riche, avait une fille unique nommée *Marianne ;* cette fille était accomplie ; et, comme elle était unique héritière, elle ne manquait pas d'adorateurs. Son père, nommé *Dupuis,* qui avait pour sa fille une tendresse sans bornes, lui laissa le choix d'un époux, et promit d'agréer pour gendre, celui en faveur duquel elle se déterminerait. Marianne avait été élevée par une vieille demoiselle qui n'avait d'autre héritage que sa noblesse, de laquelle elle était si fort entêtée, qu'elle ne pouvait se persuader qu'un roturier fût capable de penser et d'agir noblement. Elle communiqua ses sentimens à son élève ; et Marianne prit une forte résolution de demeurer fille, o u de ne perdre ce nom qu'en faveur d'un entilhomme, fut-il le plus pauvre de tous les cadets que produit la Gascogne.

Elle avait déjà refusé plusieurs partis considérables, lorsque le hasard lui fit connaître un homme d'affaires dont la fortune était immense. Cet homme que je nommerai *Disenteuil*, était né au milieu de l'opulence. Son père, au sortir de son village, avait porté la mandille ; et, après avoir passé par tous les degrés, était parvenu au grade de fermier-général ; mais, s'il réussit à donner à son fils l'extérieur d'un honnête homme, il ne put venir à bout de lui en donner les sentimens qu'il n'avait pas lui-même.

Disenteuil, maître de ses actions par la mort de son père, ayant vu Marianne, résolut d'en faire son épouse. Dans les principes de cette fille, ce mariage était celui qui lui convenait le moins ; elle était persuadée que ces fortunes rapides ne se font qu'aux dépens de la probité, et elle déclara très-positivement à ce nouvel amant, qu'elle n'accepterait jamais l'honneur de son alliance.

Disenteuil, piqué de ses refus, chercha à en deviner la cause ; et, l'ayant apprise, il résolut de punir Marianne par l'endroit le plus sensible. Il avait remarqué à la porte de son hôtel, un grand drôle qui, malgré la suie dont il était barbouillé, avait fort bonne-mine; il résolut d'en faire l'instrument de sa vengeance, et, l'ayant abordé, il lui fit plusieurs questions. Ce garçon qui se nommait *Robillard*, avait du bon sens, et Disenteuil se félicita d'avoir si bien rencontré. Il lui promit d'avoir soin de sa fortune, s'il voulait lui vouer une obéissance sans bornes; et Robillard l'ayant assuré qu'il pouvait disposer de lui, il lui donna quelqu'argent pour s'équiper, et lui commanda de le venir trouver le lendemain dans l'allée de l'Orangerie.

Robillard fut exact au rendez-vous, et Disenteuil eut peine à le reconnaître, sous cette nouvelle décoration; il le fit partir-pour Rouen; et, l'ayant adressé à un négociant de ses amis, on lui donna pendant six mois tous les maîtres qui pouvaient servir à polir son extérieur. Il s'appliqua sur-tout à l'italien, qu'il parvint à parler passablement; et le négo-

3

ciant ayant écrit à Disenteuil qu'il était
fort content du jeune homme qu'il lui
avait recommandé, Disenteuil partit sur-
le-champ ; et, après s'être convaincu
que son acteur était en état de jouer
son rôle, il lui déclara qu'il était déterminé à se servir de lui pour se venger
de l'orgueilleuse Marianne.

Robillard se prêta, sans beaucoup de
répugnance, au projet de Disenteuil,
après que celui-ci l'eût rassuré sur les
suites qu'il en devait craindre. Il partit
avec son patron, qui le présenta dans de
bonnes maisons, comme un seigneur italien qui lui était recommandé. Robillard
soutenait à merveille son nouveau personnage ; et, après s'être fait quelques
connaissances, il fut chez Dupuis, sous
prétexte de faire quelques emplettes.
Comme il payait argent comptant et
sans marchander, il devint bientôt l'ami
de la maison ; il vit Marianne, et conçut
pour elle ce qu'on devrait appeler du
goût, des desirs, et ce qu'on nomme mal

à propos de l'amour. Il proposa quelques
parties de plaisir qui furent acceptées ;
et, enfin, il déclara à monsieur Dupuis
que , charmé des qualités de la belle Marianne, il regarderait, comme le plus
grand bonheur qui lui pût arriver, l'honneur de devenir son gendre.

Dupuis lui témoigna sa reconnaissance,
et demanda du tems pour prévenir sa
fille. Robillard qui comprit la raison de
ce délai, et à qui l'on avait fait sa leçon,
prévint le marchand. Il ne serait pas
juste , lui dit-il, que vous m'en croyiez
sur ma parole, au sujet de mes biens et
de ma naissance ; le monde est plein
d'aventuriers ; et, quelque desir que j'aie
de me voir l'époux de la charmante Marianne , je ne veux recevoir sa main,
qu'après que vous aurez pris, par rapport
à moi, tous les éclaircissemens que votre
prudence vous suggérera. Robillard indi-
qua en même tems à monsieur Dupuis
un riche banquier à qui il avait été recommandé , et qui lui avait remis depuis

4

trois mois des sommes considérables. Ce
banquier était dans la bonne-foi : Disenteuil , sachant qu'il connaissait la famille
dont il avait donné le nom à Robillard ,
avait fait tenir au banquier des lettres
et de l'argent du lieu où cette famille était
établie ; en sorte que cet homme ne balança pas à confirmer à monsieur Dupuis
qu'il ne pouvait faire une meilleure affaire
pour sa fille. Il ne fut donc plus question
que d'obtenir le consentement de Marianne.

Le prétendu marquis lui plaisait ; mais
elle voulait connaître son caractère, et
ne voyait pas qu'il fallût s'en rapporter
au premier coup-d'œil, pour contracter
un engagement d'où dépendait le bonheur
ou le malheur de sa vie : ainsi elle fit
entendre à Robillard qu'elle serait bien
aise qu'on différât quelque tems le mariage ; et, comme elle voulait n'être point
distraite dans l'examen qu'elle se proposait de faire, elle lui proposa de l'accom-
pagner à la campagne, où son père allait

régulièrement une fois chaque année.

Disenteuil qui avait tremblé, lorsqu'on avait parlé de délai, fut rassuré, lorsqu'il apprit qu'on allait à la campagne. Marianne, en cherchant à connaître le caractère de Robillard, lui découvrit toute la beauté du sien; et ce garçon qui, jusques-là n'avait eu que de faibles remords sur la mauvaise action qu'il allait commettre, commença à la regarder comme un crime, digne des plus grands châtimens. L'amour lui découvrit ce qu'il devait à la probité, à l'honneur; et, comme cet amour augmentait à tous les instans, ses remords prenaient aussi de nouvelles forces. Il les combattit quelque tems, parce qu'il ne pouvait envisager sans horreur la situation dans laquelle il allait se trouver. Tout allait disparaître pour lui, au moment qu'il quitterait son personnage; son seul amour lui resterait pour troubler tout le bonheur de sa vie, supposé qu'il pût parvenir à se faire une autre situation que celle à laquelle Disenteuil l'avait

5

arraché : enfin , la vertu devint la plus forte.

Marianne déclara à son père qu'elle était prête à donner la main au marquis, et elle voulut elle-même lui annoncer son bonheur. Une tristesse que Robillard essayait en vain de cacher, et qu'elle prenait pour un effet de son amour, l'avait déterminée en sa faveur, d'autant plus qu'elle était contente des remarques qu'elle avait faites. Quelle fut sa surprise de ne voir dans son amant aucuns de ces transports auxquels elle devait s'attendre ! La douleur la plus vive se peignit sur le visage de Robillard, et ses larmes coulèrent malgré lui. Après avoir demeuré quelque tems enseveli dans une profonde rêverie, il se leva; et, ayant baisé la main de Marianne, sans oser la regarder, il sortit de la chambre.

Cette fille ne savait à quoi attribuer une conduite si extraordinaire; elle fit appeler son père; et, pendant qu'elle lui raconta ce qui venait de se passer, on vint les avertir que le marquis venait de monter à cheval, et qu'il avait dit en partant, qu'on aurait de ses nouvelles avant la fin du jour. Dupuis et sa fille l'attendirent avec impatience : effectivement , un homme leur apporta, sur les sept heures, un paquet et une lettre ; elle était adressée à Marianne , et conçue en ces termes :

» Mademoiselle ,

» Il m'en doit coûter beaucoup pour vous découvrir tous les crimes dont je suis coupable à votre égard ; mais que ne pourrait pas sur moi la crainte de vous rendre malheureuse ! C'est cette crainte qui m'empêche de consommer l'odieux projet de votre séduction , et qui me détermine à rentrer dans le néant dont on m'a tiré, plutôt que de jouir d'une fortune que je ne pourrais posséder qu'en vous couvrant d'infamie. Né dans la classe des hommes les plus méprisables, on a prétendu vous punir de vos refus , en me faisant devenir votre époux. Dix mille livres qui sont entre les mains d'un banquier , à

6.

Londres, étaient le prix de ma perfidie ;
je n'en connaissais pas l'horreur, lorsque
j'ai pu m'y résoudre ; mais l'amour que
vous m'avez inspiré, m'a ouvert les yeux ;
je lui dois les sentimens d'honneur sur
lesquels je suis déterminé à régler ma conduite ; sentimens que je chérirai et que
je conserverai aussi long-tems que mon
amour. Pardonnez-moi ce mot, mademoiselle, il doit vous outrager, et vous n'étiez
point faite pour en inspirer à un homme
tel que moi ; mais vous pensez trop noblement, pour vous offenser de l'effet de vos
charmes sur un homme qu'ils ont méta-
morphosé. Oui, ma vertu sera votre ouvrage ; heureux, si mon repentir peut
vous engager à penser à moi sans horreur !...

» Lorsque vous recevrez cette lettre,
je serai sorti de Paris, que j'abandonne
pour jamais. Le service m'offre une ressource honorable, et j'espère bientôt, en
versant mon sang pour la patrie, réparer
le crime dont je me suis rendu coupable

à votre égard. J'ai balancé long-tems à vous découvrir le nom de celui qui m'a rendu criminel ; mais j'ai cru devoir vous mettre en état d'éviter ses artifices. Faites donc, s'il vous plaît, remettre à monsieur Disenteuil l'argent, les bijoux et les habits que je vous renvoie : je ne veux rien garder dont j'aie à rougir ».

Il n'est pas possible d'exprimer l'étonnement de monsieur Dupuis et de sa fille à la lecture d'une pareille lettre : l'indignation fut le sentiment qui se fit d'abord sentir avec le plus de vivacité. Une pareille aventure, si elle venait à se découvrir, était capable de faire beaucoup de tort à Marianne ; et, supposé qu'elle demeurât secrète, que penser de l'éclipse du marquis, dont les soins pour Marianne avaient été publics ?

Le père passa toute la nuit à faire ces réflexions ; et, ne pouvant se resoudre à soutenir les railleries que lui attirerait de toutes parts sa crédulité, il prit la résolution de s'y soustraire, en abandonnant

Paris , d'autant plus qu'il avait assez de bien pour se passer du commerce : il fit part de son dessein à Marianne, la priant de lui communiquer ses vues. Cette fille n'avait pas passé la nuit plus tranquillement que son père : au milieu de sa colère contre Robillard, elle avait senti ce que ce garçon lui sacrifiait, et elle ne pût s'empêcher d'admirer la grandeur d'ame qui l'avait porté à renoncer à sa fortune et à son amour. Qu'est-ce que je cherchais dans un noble, se demandait-elle à elle-même ? une ame grande et vertueuse ; mais j'étais dans l'erreur : la noblesse des sentimens n'est point incompatible avec la bassesse de la naissance : Robillard en est la preuve. Pourquoi rougirais-je de réparer les injustices de la fortune à son égard ? Pourquoi souffrirais-je qu'il fût la victime de sa bonne-foi ?

A ces sentimens, se joignait un vif désir de confondre Disenteüil ; pouvait-elle l'humilier davantage, qu'en lui préférant ce Robillard qu'il regardait comme le dernier de tous les hommes ? Elle s'y résolut, supposé que son père fût assez complaisant pour y consentir.

Le bon homme en fit d'abord difficulté, par la crainte de ce qu'on dirait dans le monde d'un pareil mariage ; mais sa fille lui fit entendre que ces discours ne seraient rien, en comparaison de ce qu'on dirait, si elle ne le faisait pas. Robillard avait vécu librement avec elle, sous les yeux du père à la vérité ; mais la malice de Disenteuil empoisonnerait ce commerce ; il se ferait un malin plaisir de conter cette histoire à l'oreille de qui voudrait l'entendre, et leur absence confirmerait tout ce qu'il dirait à ce sujet.

Monsieur Dupuis, moins persuadé des raisons de sa fille, que touché de l'amour qu'il lui croyait pour Robillard, qu'il aimait lui-même comme son fils, promit à Marianne de la laisser maîtresse absolue, si elle pouvait découvrir la retraite de son amant. Cela paraissait difficile ; la lettre n'était point signée, et il ne don-

naît aucune lumière sur le lieu dans lé-
quel il irait au sortir de Paris. Marianne
demanda au domestique , si l'homme qui
avait remis le paquet n'avait rien dit qui
pût faire découvrir la retraite de Robillard : on lui dit que non. Mais un laquais
connaissait cet homme , et Marianne
s'étant transportée chez lui , apprit que
celui dont elle s'informait , s'était engagé
dans le régiment de monsieur le comte
D*** Monsieur Dupuis le connaissait ; il
fut avec sa fille le prier d'obtenir le congé
de ce nouveau soldat. Le capitaine l'ac-
corda de bonne grâce à son colonel , et
Robillard qui était déjà à Thionville ,
eut ordre de revenir à Paris avec un ser-
gent, sous prétexte de faire une recrue.

Le colonel ignorait l'intérêt que Marianne prenait à ce jeune homme qui vint
lui remettre une lettre de la part de son
capitaine ; il fut charmé de sa bonne
mine; et, après quelques autres questions,
il lui demanda s'il connaissait monsieur
Dupuis. A ce nom si cher , Robillard ,

saisi, crut sa perte assurée : l'adorable
Mariaune veut ma mort, dit-il au comte;
elle ne fera que l'avancer de quelques
jours ; la douleur de l'avoir trompée , ne
pouvait tarder de me mettre au tombeau ;
mais je n'aurais pas attendu si long-tems,
et je courais me précipiter dans les dangers, pour lui donner plutôt sa victime.

Ce discours était une énigme pour le
colonel ; Robillard lui en donna la clé , et
ce seigneur, touché du repentir et du
mérite de ce jeune homme, craignant
qu'effectivement Marianne n'eût dessein
de se venger, lui offrit de l'argent pour
passer dans les pays étrangers, et se soustraire à son ressentiment. Robillard lui
marqua la plus vive reconnaissance ;
mais il n'accepta pas ses offres. Je suis
coupable , lui dit-il , et je mourrais content , si mademoiselle Dupuis pouvait
éteindre dans mon sang la colère que je lui
ai inspirée. Il voulait aller sur-le-champ
se jeter à ses pieds ; le colonel s'y opposa,
et envoya prier monsieur Dupuis et sa

fille de passer sur-le-champ chez lui.

Aussitôt qu'il vit Marianne, qui lui demanda, avec empressement, s'il n'avait aucune nouvelle de Robillard, il lui prit les mains, et la regardant fixement : à quoi dois-je attribuer vòtre empressement, lui dit-il ? Tant de vivacité m'annonce beaucoup de haine ou beaucoup d'amour ; apprenez-moi laquelle de ces deux passions vous anime. L'amour, lui répondit Marianne, en rougissant ; et je ne sais pourquoi je rougis en vous le disant, puisque Robillard doit en arrivant devenir mòn époùx. Et tout de suite elle allait conter son histoire au colonel ; mais celui-ci, en l'embrassant, lui dit : belle Marianne, j'envie le sort de votre amant; mais je crois qu'il le mérite ; vos sentimens vous rendent plus charmante à mes yeux, que votre beauté que j'ai admirée jusqu'à ce jour.

En même tems, le comte fit appeler Robillard qui, surpris de voir monsieur Dupuis et sa fille, se jeta à leurs pieds;

on lui annonça son bonheur, qu'il eut peine à croire. Le colonel promit à Marianne de faire avoir à son amant l'agrément d'une compagnie de milice ; et, trois jours après, le mariage s'acheva publiquement. Marianne, la veille de ce grand jour, écrivit la lettre suivante à Disenteuil.

« Vous me permettrez bien, monsieur, de vous témoigner ma vive reconnaissance, et de vous prier de me faire l'honneur d'assister à la célébration d'un mariage qui est votre ouvrage. J'avais déterminé de ne donner la main qu'à un noble, et j'entendais par-là un homme qui pensât noblement : j'avouerai que j'étais dans l'erreur, en ce que je pensais que les sentimens étaient une suite nécessaire de la naissance ; vous m'avez détrompée. L'amour, en inspirant à Robillard des sentimens dont vous n'aurez jamais la moindre idée, lui a donné à mes yeux des titres de noblesse d'autant plus précieux, qu'il ne les doit qu'à lui.

Je l'épouse demain ; et , malgré l'horreur
que votre procédé devrait m'inspirer pour
vous , je me souviendrai toujours , avec
plaisir , que je dois tout le bonheur de
ma vie , au plus méprisable de tous les
hommes ».

Le colonel tint parole à Robillard ; il
s'arracha des bras de son épouse, et s'é-
tant distingué à Fontenoy , sous les yeux
du roi , ce prince s'informa de son nom,
et, ayant appris son aventure du colonel
son protecteur , il lui fit expédier des lettres de noblesse ; et , à la dernière paix,
le fit passer dans un vieux régiment , où
il a mérité l'estime et l'amitié de tous les
officiers.

ANGÉLIQUE ET CLERVILLE,

OU

La paysanne généreuse et l'amour désintéressé.

CONTE.

On se fait souvent de l'amour une affaire sérieuse, en ne croyant s'en faire qu'un amusement. Le marquis de *Clerville*, jeune, aimable, fait pour plaire, avait refusé vingt partis plus considérables les uns que les autres ; mais son goût pour la liberté, avait été un obstacle à son établissement. Une simple villageoise a cependant dérangé le plan d'indépendance qu'il s'était tracé, et il vient depuis peu de donner la main à la fille de son fermier. De Clerville, tel qu'on vient de le dépeindre , acheta une fort belle terre contiguë d'une des siennes ; il fit cette acquisition à la sollicitation d'un de ses fermiers , nommé Boissart , homme de probité.

Bientôt l'envie d'embellir cette terre se fit sentir au marquis , et , quoiqu'il ne pensât pas à l'habiter, les mains lui brûlaient d'y faire travailler. (Il faut un objet à l'homme , et cette terre en devint un pour lui , faute d'autre). Un jour qu'il était chez Boissart, il y vit une jeune personne extrêmement jolie ; il demanda avec empressement qui elle était ; le fermier lui dit que c'était sa fille qu'il faisait élever au couvent. Comme ce n'est pas l'usage des gens de campagne , Clerville demanda pourquoi il ne gardait pas sa fille auprès de lui pour soulager sa mère.

C'est , répondit Boissart , parce que je n'ai d'autre but que de faire son bonheur. Je voudrais qu'*Angélique* pût se résoudre à se faire religieuse. Ne croyez pas , ajouta-t-il , que ce soit dans la vue

de la sacrifier aux intérêts de mon fils ;
tous deux me sont également chers. Cependant, je consentirais volontiers à donner la moitié du peu de bien que j'ai,
pour lui voir prendre ce parti ; et ce n'est
que pour son bien que je fais un pareil
souhait. Car, enfin, quel établissement
pourrais-je lui procurer ? Aucun, où elle
puisse trouver tant de bonheur que dans
un cloître ; et, je puis ajouter, qui soit
plus digne d'elle. Oui, continua le bon
homme, je puis parler ainsi ; et quiconque
la connaîtra, ne pourra penser qu'une
aveugle tendresse me conduise dans l'idée
que j'en ai.

Elle n'entre donc point dans vos sentimens, répondit le marquis, et le cloître
n'est pas de son goût ? Si fait, répartit
le père ; mais elle ne peut se résoudre à
prendre le voile ; ce n'est pas qu'elle pense
à se marier, elle sent comme moi que je
ne puis lui procurer dans cet état le bonheur qu'elle mérite. Son cœur est élevé
au-dessus de sa condition ; et, sans avoir

de mépris pour ses égaux, elle ne se trouve pas faite pour vivre avec eux, ni pour se livrer aux occupations que son peu de bien la forcerait de prendre.

Cependant, elle craint de s'engager dans un état dont la mort seule peut la délivrer, et moi, je crains tout, si je mourais avant qu'elle eût choisi un parti. Elle pense bien; mais quelle assurance peut-on concevoir d'une jeune fille livrée à elle-même? Si son cœur lui parle pour quelqu'un, à quoi sera-t-elle exposée?

Sa fille entra comme il finissait ces mots : le marquis ne put la voir sans admiration : il lui parla, elle répondit avec modestie; mais avec tout l'esprit possible. Il revint au château : l'idée d'Angélique l'y suivit; dès ce jour, il se rendit plus souvent chez son fermier. Il y voyait cette belle, et mettait tout en usage pour qu'elle pût lire dans ses yeux que le plaisir de la voir l'y attirait.

Au bout de quelque tems, il la trouva un jour seule dans la maison : elle offrit

d'aller

d'aller chercher son père ; non, lui dit de Clerville, je l'attendrai ; et, étant avec vous, continua-t-il, je ne m'apercevrai point de son retardement. Angélique le remercia de sa politesse avec grâce. Le marquis lui demanda si son séjour chez son père serait long ; elle lui répondit qu'elle comptait dans quelques jours retourner au couvent.

Quoi ! si vite, répartit de Clerville. Vous renfermez-vous volontiers ; n'aimeriez-vous pas mieux rester ici ? Si j'en avais grande envie, reprit-elle, mon père a assez d'amitié pour moi pour ne s'y point opposer ; mais je suis élevée dès la plus tendre enfance dans le couvent ; on y a mille bontés pour moi : l'habitude d'y être ; et la tranquillité que j'y goûte, me tiennent lieu de grands amusemens. Cela est bien sage, lui répartit de Clerville ; mais parlez-moi franchement : votre goût pour la retraite vient-il de votre inclination naturelle, ou de quelque chose qui détermine votre raison ?

Si vous vous trouviez dans une situation plus brillante, conserveriez-vous cette inclination ? Je ne sais, dit-elle ; mais je vous avouerai que le goût que j'ai pour la retraite, n'est qu'un goût de comparaison : je l'aime mieux que la vie que je mène ici ; si j'étais à portée d'en mener une autre, peut-être que la balance ne pencherait pas pour le cloître.

Ce serait grand dommage qu'une aimable fille comme vous, se renfermât pour le reste de ses jours. Belle Angélique, continua le marquis, vous feignez de ne pas m'entendre ; vous devez cependant depuis quelque tems lire dans mes yeux ce qui se passe dans mon cœur. Je vous adore ; la fortune m'a mis en état de réparer l'injustice qu'elle vous a faite ; et ce n'est que dès ce moment que je sens le prix du bien qu'elle m'a donné. Mon amour peut tout faire pour vous ; refuserez-vous de faire quelque chose pour lui ? En disant ces mots, le marquis voulut l'embrasser ; elle le repoussa d'un air ffer , et montra le plus grand sang-froid :

Je suis bien malheureuse , dit-elle ,
que ma pauvreté m'expose à de pareils
discours ; il n'est pas d'un honnête homme
d'abuser, pour m'insulter , d'un état que
je n'ai jamais senti si triste que dans ce
moment. Les larmes lui vinrent aux yeux.
De Clerville crut que sa vertu , alarmée
d'une attaque qu'elle n'avait point encore
essuyée, s'affaiblirait bientôt dans les
bras d'un homme pressant; il l'assura de
nouveau qu'il l'adorait ; et , songeant
moins à persuader par ses paroles que par
ses gestes , il voulut pousser les choses un
peu loin.

On se défend comme on peut d'un as-
sassin , dit Angélique , en saisissant un
couteau qu'elle vit sur une table , et je
regarde comme tel, qui veut m'ôter l'honneur.

A ce mouvement , le marquis se retira.
Ne m'approchez pas , continua-t-elle , ou
vous connaîtrez l'injustice que vous me
faites, en me soupçonnant capable d'une

2

bassesse. Craignez tout de mon courroux.

Etonné d'une résistance qu'il n'avait pas attendue, de Clerville changea dans l'instant de batterie. Eh bien! lui dit-il, si c'est un crime de vous aimer, si ma passion vous outrage, vengez-vous; je sens que je ne puis cesser d'être coupable; je vous aimerai toujours.

Votre amitié me fait honneur, répondit Angélique, et je tâcherai de mériter votre estime; mon cœur est noble, si mon extraction ne l'est pas. Le défaut de naissance n'est point incompatible avec l'honneur, et ne devait pas m'attirer le mépris que vous m'avez marqué.

A chaque mot, l'étonnement du marquis augmentait; l'estime, le respect et l'amour prenaient la place du premier sentiment qui l'avait fait agir.

Vous jugez bien mal de ma façon de penser, lui dit-il; l'amour le plus violent a causé mon crime; car je me regarde comme criminel, puisque j'ai pu vous déplaire. J'ai pour vous, continua-t-il, la plus sincère estime ; votre cœur n'est-il pas capable de quelque sensibilité ?

Il aurait peut-être eu la faiblesse d'en avoir trop pour quelqu'un qui m'eût moins outragée , répondit Angélique , et vous m'avez rendu service en me faisant connaître votre façon de penser !

De Clerville ne put lui répondre. Il aperçut Boissart qui rentrait ; il fit un effort pour cacher son agitation , et remit au lendemain pour parler d'affaire.

Les premiers sentimens qu'Angélique avait inspirés au marquis n'étaient pas fort délicats : le cœur y avait une très-médiocre part , et ce n'était précisément que le goût qui nous entraîne vers ce que nous trouvons aimable , qui l'avait fait agir jusques-là. Il cherchait une occupation, et avait imaginé trouver un amusement qui remplirait les vides d'un séjour assez long à la campagne ; et, naturellement paresseux, il avait regardé comme charmante une intrigue dont il comptait que l'argent ferait tous les frais,

3

le dispenserait de mille petits soins , et le sauverait de ces résistances dont le sexe fait le prélude des faveurs qu'il accorde.

Mais il ne pensait plus de même : l'estime qu'il avait conçue pour la jeune fermière , avait épuré ses sentimens ; le cœur parlait. Que d'esprit , de noblesse et de vertu , se disait-il en revenant chez lui ! Mais elle n'est point insensible , et je puis espérer de lui faire partager mes sentimens ; ses dernières paroles m'en assurent , et plus encore cette aimable naïveté.

Vous m'avez rendu service , en me faisant connaître votre façon de penser : n'est-ce pas me dire que son cœur est pour moi.

Cette douce rêverie l'occupa long-tems ; il se représentait son bonheur , tantôt prochain , tantôt éloigné , mais toujours indubitable. Il pensait qu'une femme dont le cœur est touché pour quelqu'un , ne lui résiste pas long-tems , s'il sait profiter de ses avantages.

La nuit se passa, et le marquis se préparait à retourner chez Angélique, lorsqu'il reçut une lettre de Boissart, qui lui mandait que sa fille lui ayant demandé avec instance de la reconduire au couvent, il n'avait pu lui refuser cette grâce; qu'il le priait de l'excuser; et qu'à son retour, il se rendrait à ses ordres.

Quelle nouvelle pour un homme qui se croyait heureux! Pourra-t-il voir ce qu'il aime? Lui en accordera-t-on la permission? Il passa une journée cruelle. Sur le soir, le fermier vint; et la façon dont il parla de sa fille, rassura le marquis sur la crainte où il était qu'elle n'eût fait des plaintes contre lui.

Il fut huit jours sans oser aller au couvent : enfin, il monta à cheval, et s'y rendit. Il demanda Angélique, de la part de son père, et elle parut bientôt au parloir, où on l'avait fait entrer. Elle marqua une surprise extrême en voyant de Clerville, et fut même sur le point de se retirer.

4

Il lut son dessein dans ses yeux. Restez, mademoiselle, lui dit-il, de grâce; ne fuyez pas un amant qui n'avait pas besoin des barrières que vous lui opposez, pour se tenir dans le respect qu'il vous doit. Si j'ai pu vous déplaire, je viens vous offrir un coupable repentant, le soumettre à tout ce qu'il vous plaîra d'ordonner; heureux si vous voulez lui permettre de vous voir quelquefois; c'est la seule récompense qu'exige l'amour le plus tendre; me la refusez-vous?

Je ne sais, répondit-elle; et, après la manière dont vous en avez agi, je ne puis me rapporter à vous de ce que je dois faire : sans cela, je vous aurais demandé à vous-même, si l'éclat que feraient vos visites ne pourrait pas nuire à ma réputation.

J'aurais cru vos conseils, il y a quelques jours; mais quelle apparence de m'y fier après?... Oui, belle Angélique, répartit vivement de Clerville, oui, vous pouvez vous y fier; vos sentimens sont

trop respectables, pour que je ne réponde
point à votre confiance comme je le dois.
Je vous verrai le moins que je pourrai,
par rapport au public. Que cette retenue
me coûtera cher ! mais que ne ferai-je
point pour ménager une réputation dont
dépend mon bonheur ! Mais serez-vous
toujours contraire à mon amour ?

Connaissez-moi toute entière, lui dit-
elle, et voyez vous-même ce que vous
pouvez espérer, par ce que j'ai été capable
de faire, et ce que je vais avouer.

Depuis le premier moment que je vous
ai vu, je ne sais ce qui s'est passé en
moi. J'ai toujours souhaité vous revoir ;
j'ai senti de l'inquiétude en votre absence.
Enfin, ajouta-t-elle en rougissant, mon
cœur m'a parlé pour vous un langage que
j'ignorais avant de vous connaître.

Le marquis enchanté remercia la belle
de cet aveu, et s'avoua le plus heureux
des hommes. Je souhaite que vous le
soyez, répliqua-t-elle ; mais si, en vous
aimant, j'ai été capable de vous fuir,

5

je me sens assez de force pour ne vous
jamais voir, si vous manquez à la retenue
que j'exige de vous. Clerville, après l'a-
voir assurée qu'elle n'avait rien à craindre,
lui dit tout ce que peut inspirer l'amour
le plus vif et le plus tendre, et, enfin, se
retira.

En chemin, il fit réflexion sur les mouvemens de son cœur, et les effets qu'il
pouvait avoir ; il trembla, en songeant
jusqu'où cette passion pouvait le conduire.

Angélique a de l'esprit, disait-il, elle
a de la vertu, ou feint d'en avoir assez
pour m'ôter toute espérance d'être heureux ; je l'aime, et je suis capable de
tout.

Ces idées l'occupèrent jusqu'au château ; les réflexions vinrent au secours ;
il résolut de ne la plus voir. Cependant,
la raison, en lui montrant ce qu'il avait
à craindre de cet engagement, ne lui
laissait pas assez de force pour surmonter
sa passion.

Il fut quelques jours sans aller voir

Angélique : il quitta la campagne pour quelque tems ; mais l'absence ne fit qu'irriter son amour : il revint, résolu de vaincre, à quelque prix que ce fût, la résistance de cette belle. Il se rendit au couvent, et mit tout en œuvre pour l'engager à revenir chez son père ; elle s'en défendit toujours.

Je vous crains, disait-elle au marquis, et je ne sais si je ne dois pas me craindre moi-même : laissez-moi vivre tranquille ; rien ne peut me faire changer de résolution. Vous m'aimez ; je vous ai avoué que je vous aimais ; que voulez-vous de plus ? Vivons contens de cette amitié : vous pouvez me voir ici comme chez mon père ; et, s'il est vrai que vous m'estimiez, vous ne pouvez me demander autre chose.

Qu'arriverait-il, si je sortais de mon couvent ? Que vous croiriez que je suis capable d'une faiblesse, et que je suis lasse de résister. C'est vous qui m'avez obligée de me retirer ici. A quoi m'exposerais-je si je revenais à la maison ? Je

6

vous verrais à chaque instant ; vous me presseriez , je succomberais peut-être ; la réflexion me donnerait ensuite de l'horreur pour vous ; je vous haïrais , et je ne pourrais plus voir un homme dont la présence serait un reproche éternel pour moi.

Je dirai plus : supposé que toute honte m'abandonnât bientôt , vous me fuiriez avec autant d'empressement que vous en marquez à présent à me rechercher : j'aurais toute ma vie un crime à me reprocher , et de plus , le chagrin de me voir méprisée.

Vous êtes honnête homme ; ajouta-t-elle ; j'en appelle à vous-même ; me fais-je des monstres mal-à-propos , et une de ces trois choses n'arriverait-elle pas ?

Non , charmante Angélique , répondit le marquis ; et , pour vous prouver jusqu'où va ma tendresse , consentez à faire mon bonheur , et je cours à l'instant demander à votre père son consentement. Auriez-vous de la répugnance à m'épouser ? répondez, aimable Angélique.

Angélique resta quelque tems sans répondre. Elle parut agitée ; mais, reprenant bientôt la parole : non, dit-elle, je n'y consentirai pas ; et ce serait mal payer les sentimens que vous avez pour moi, que d'accepter une proposition que votre passion seule vous engage à me faire.

Cette passion ne durera pas toujours ; je sais ce que vous êtes, et ce que je suis. Sans naissance et sans biens, vous vous repentiriez bientôt de m'avoir donné la main, et je serais la plus malheureuse des femmes.

Bannissez cette crainte, répartit de Clerville, elle m'est injurieuse : je vous aime, vous me flattez de quelque retour, nous ne pouvons qu'être heureux ensemble. La naissance illustre et les grands biens ne font pas la félicité. Ces biens sont étrangers à l'homme ; vous en avez qui sont uniquement à vous, et dont je fais beaucoup plus de cas. Votre vertu, votre beauté, sont les plus véritables, et ce mérite est plus réel que celui qu'on attache à une naissance dont le sort décide uniquement.

Votre amour vous aveugle, lui dit Angélique, réfléchissez, monsieur, non pour le moment présent, mais pour le reste de votre vie. Cette beauté dont vous faites cas, et que vous élevez au-dessus de ce qu'elle est, est un bien de peu de durée; le moindre accident peut me l'ôter, et, sans cela, les années viendront bientôt à bout de la ternir. Lorsque la figure ne vous plaîra plus, vous diminuerez bien de l'idée que vous avez de mon esprit; vous le réduirez à sa juste valeur, c'est-à-dire, à peu de chose. Il ne faut pas une longue attention, pour voir que la figure d'une femme donne très-souvent toute seule le prix à ce qu'elle dit, et qui ne paraîtrait rien dans une autre bouche. Il viendra un tems où je serai dans ce cas.

Pour ce qui est de mon caractère,

pouvez-vous le connaître ? Deux mois de-
mariage, vous y découvriraient peut-être
des bisarreries qui vous désespéreraient.
Non, je vous le répète encore, je ne consentirai jamais à faire votre malheur.
Voyons-nous, aimons-nous, je n'aurai
point à me faire un crime de connaître
ce que vous valez, et je laisserai mon
cœur suivre son penchant; voilà ce que
je puis faire pour vous. Croyez que, si je
vous aimais moins, je ne vous refuserais
pas.

Le marquis, en allant voir Angélique,
n'avait pas absolument envie de l'epouser;
mais la résistance qu'il trouva le détermina. Il fit tout ce qu'il put pour la persuader; mais ce fut en vain. Il lui dit
enfin, qu'il l'obtiendrait de son père. Si
vous l'engagez à vous seconder, lui dit-
elle, je ne balance plus, je prends ici le
voile; j'aime mieux me sacrifier pour ne
vous pas rendre malheureux, que de vous
exposer à un repentir certain, qui trou-
blerait le repos de votre vie, et moi, à

tous les chagrins qui me suivraient sans cesse, et que je ne pourrais éviter.

De Clerville se retira plus amoureux que jamais, et parla au père. Boissart fut surpris, alla trouver sa fille, la pressa même ; mais elle lui répondit les mêmes choses qu'au marquis. Enfin, sur ce qu'on voulut la retirer du couvent, elle protesta que, si on lui faisait la moindre violence, elle se ferait religieuse.

Le marquis retourna voir Angélique, se plaignit, l'accusa de l'aimer peu : elle l'assura toujours que si, elle l'aimait moins, elle agirait différemment. De Clerville, voyant que rien ne pouvait vaincre sa résistance, prit congé d'elle, et revint à Paris.

Il crut qu'il perdrait bientôt dans les plaisirs l'idée de son amour, mais ce fut un vain remède : sa passion était trop vive ; il revint dans sa terre, et courut au couvent plus amoureux que jamais. Angélique était toujours la même ; elle revit avec plaisir son amant qui, outré de sa résistance, tomba dangereusement malade ; elle apprit avec douleur l'état du marquis. Son père la fit consentir à sortir du couvent. Elle vit de Clerville, fut touchée de son état, et, enfin, vint à bout de surmonter sa délicatesse. Le marquis se rétablit bientôt, et l'hymen couronna ces deux tendres amans.

Le marquis est le plus heureux des hommes : il retrouve toujours dans Angélique une femme tendre et délicate, qui connaît ses devoirs, une amie spirituelle, une épouse attachée, et qui ne lui donne d'autre peine que celle de pouvoir se flatter de la mériter.

~~~~~~~~~~~~~~~~~~~~~~~~~~~

DE LA NOIX ET MARIANNE,

O U

Recette pour les Dames qui ont des
maris infidels.

CONTE.

~~~~~~~~~~~~~

Rien de plus fâcheux pour une femme
vertueuse, que d'avoir à gémir chaque
jour sur les infidélités d'un époux qu'elle
aime. Plus sa situation est pénible, plus
elle fait d'efforts pour la faire cesser.
Malheureusement, la plupart ignorent
les remèdes efficaces dont il faut se servir
en pareil cas ; et, après avoir inutilement employé les mauvaises humeurs,
les plaintes, les emportemens, les reproches et les scandales, elles désespèrent

de ramener leurs époux dans le chemin
de la vertu, et croient se devoir permettre
une vengeance qui ne retombe que sur
elles, et qui, d'un objet de pitié, les rend
des objets de mépris. On ne peut donc
rendre un plus grand service au beau
sexe, que de lui donner un moyen toujours sûr de regagner le cœur de leurs
époux. Je pourrais sur ce sujet débiter les
plus belles maximes ; mais je crois qu'un
exemple récent est plus propre à leur
faire comprendre l'efficacité du remède
que je leur présente.

Monsieur *de la Noix*, gentilhomme
bourguignon, étudiait à Paris ; son hô-
tesse, veuve d'un officier qui n'avait que
la cape et l'épée, avait une fille fort aimable. La facilité de se voir à toutes les
heures du jour, autant que le rapport
d'humeur, inspira à ces deux jeunes gens
l'amour le plus tendre. Si la Noix eût été
son maître, il n'eut pas balancé à partager sa fortune avec la charmante *Marianne* ; mais il était riche, elle était

pauvre , et le père du jeune homme était
fort avare. Il ne fallait donc pas espérer
qu'il donnât son consentement à un mariage qu'un homme de sa trempe eût
trouvé fort disproportionné, malgré l'égalité des conditions.

La Noix ne cacha pas à sa maîtresse
cet obstacle invincible. Marianne pleura:
et son amant , après avoir déploré avec
elle pendant quelques mois le despotisme
que les pères exercent sur leurs enfans ,
se lassa de se consumer en plaintes inutiles. Après tout , dit-il à sa maîtresse ,
mon père n'est point immortel : mille
accidens , une maladie, la vieillesse au
moins , en m'ôtant ce père incommode ,
me laisseront la liberté de couronner votre
tendresse. Marianne était jeune , elle aimait , elle écoutait son amant : elle ne
pouvait pas manquer d'être bientôt persuadée ; et , pleine de confiance en la
probité de la Noix , elle se dit à elle-même,
que mille sermens valaient un contrat.
Nos jeunes gens remirent donc les céré-

monies pour un tems plus favorable, et, se persuadèrent qu'ils étaient époux, parce qu'ils vivaient comme s'ils l'eussent été.

Quelques mois étaient à peine écoulés, que le tems des vacances arrivé, força ce tendre couple à une séparation qui leur coûta bien des larmes. Etre deux mois absent, c'était deux siècles ; mais il n'y avait pas moyen de reculer, et le jeune homme s'arracha des bras de celle qu'il nommait son épouse, plein d'espérance de la revoir bientôt.

Le vieux la Noix n'avait pas tellement abandonné son fils à sa propre conduite, qu'il n'eût commis quelqu'Argus pour l'observer. Il était instruit de l'intrigue ; mais il feignit de l'ignorer. Il connaissait beaucoup monsieur de Marville, lieutenant de police ; il en obtint une de ces lettres de cachet que ces magistrats ont en blanc, et dont, par parenthèse, ils abusent quelquefois. Muni de cette pièce, après avoir accablé son fils de caresses, il lui dit de se tenir prêt pour aller à quelques lieues d'Auxerre, visiter un de ses amis. Ce ne fut qu'au moment du départ, qu'il instruisit le jeune la Noix du motif de cette visite. Je vous ai marié, lui dit-il: la fille est aimable, jeune et riche; ainsi je m'attends à vos actions de-grâces.

Notre jeune homme était bien éloigné de cette disposition; il se jette aux pieds de son père, le conjure de ne pas faire le malheur de sa vie, en l'unissant à une personne qui, toute aimable qu'il la supposait, ne pourrait rien sur son cœur. Prévenu de la passion la plus vive qui se puisse concevoir, il pleura, il menaça de se laisser mourir de faim; mais il avait affaire à un père inflexible et rusé. Il ne tient qu'à vous de me désobéir, lui dit ce vieillard obstiné; mais votre maîtresse en sera la victime; et tout de suite il lui montre la lettre de cachet qu'il avait obtenue, pour faire enfermer Marianne.

Le jeune homme étourdi d'un coup si peu attendu, ne vit que le péril où était

Marianne ; et persuadé qu'en gagnant du
tems, il pourrait parer le coup affreux
qu'on voulait lui porter, il promit à son
père de faire tout ce qu'il voudrait. Il eut
bientôt lieu de se repentir de sa promesse ;
à peine eut-il été présenté chez son futur
beau-père, qu'il fut agréé. Monsieur de
la Noix, profitant de l'étourdissement de
son fils, le maria en trois jours ; et ce
jeune homme ne revint à lui, qu'après
avoir prononcé le fatal oui.

Bien résolu de s'en tenir à cette première cérémonie qui manquait à son
premier mariage, il se contrefit assez bien
le reste du jour ; mais le soir arrivé, dans
le tems où l'on célébrait à table ce beau
mariage, le marié courut à l'écurie ; et,
s'étant saisi du premier cheval qu'il y
trouva, il fut à Auxerre, avant qu'on
eût parcouru les maisons voisines pour
s'informer si personne ne l'avait vu. Monsieur de la Noix savait bien à qnoi s'en
tenir ; mais il n'osait déclarer la violence
qu'il avait faite à son fils, et feignait
d'être

d'être aussi surpris que les autres ; mais
sachant en quel lieu il devait chercher le
marié , il prit la poste sur-le-champ ,
pendant que les parens de la demoiselle
continuaient à le chercher par-tout , excepté dans la rivière (car en France, il
serait inoui qu'un homme se noyât le jour
de ses nôces, passe pour le lendemain).

Monsieur de la Noix arriva à Paris une
heure après son fils. Celui-ci était venu
descendre dans une auberge proche la
maison de Marianne ; il l'avait envoyé
chercher ; et, en jeunes gens, ils avaient
passé à délibérer le tems qu'il aurait fallu
employer à agir. Véritablement leur situation était embarrassante. Quoique leur
mariage ne pêchât pas, selon eux, autant
que le second, ils ne pouvaient ignorer
qu'on n'aurait point d'égards à cet acte
essentiel, par lequel ils avaient commencé.
D'ailleurs, ils n'avaient point d'argent ; et
que faire sans ce métal, devenu absolument nécessaire dans ce siècle félon, où
l'on compte pour rien les beaux sentimens.

Monsieur de la Noix, descendu chez la
mère de Marianne, lui faisait un détail que
la bonne dame ignorait entièrement : elle
avait de l'honneur ; et, sans savoir jusqu'où
sa fille avait poussé le roman, elle craignit d'abord qu'elle ne l'eût commencé
par la queue. Elle appelle sa fille ; et, ayant
appris d'une servante qu'elle était entrée
dans l'auberge prochaine, elle s'y rendit
au moment que nos amans se préparaient
à en sortir. L'on s'imagine assez quelle
dut être la honte de Marianne. Suivez-
moi, mademoiselle, lui dit monsieur de la
Noix ; je vous donne ma parole d'honneur
qu'il ne vous arrivera aucun mal ; et vous,
mon fils, soyez témoin de ce que je vais
faire en faveur de votre maîtresse, à moins
que, par votre mauvaise conduite, vous
ne mettiez des bornes à mes bontés pour
vous et pour elle.

Ces paroles équivoques firent naître un
rayon d'espérance dans l'ame de ces jeunes
gens ; et, à peine furent-ils entrés dans la
maison, que la Noix se jeta aux pieds de

son père, pendant que Marianne fondait
en larmes sans oser regarder sa mère. Que
voulez-vous que je fasse pour vous, dit le
vieux père à son fils ? Votre mariage, re-
vêtu de toutes les formalités, est hors d'at-
teinte ; un éclat ne servirait qu'à déshonorer mademoiselle : si vous l'aimez, com-
portez-vous de façon à ne pas laisser soupçonner qu'elle ait eu aucune part à votre
équipée : je me charge de son établissement ; et, en attendant qu'il s'en présente
un convenable, elle peut choisir une maison religieuse, où je paierai régulièrement
sa pension.

La mère de Marianne n'avait point encore parlé : elle voulut faire à sa fille les
justes reproches que méritait sa mauvaise conduite ; mais, monsieur de la Noix
lui fit si bien comprendre qu'ils étaient inutiles, qu'elle promit d'oublier le passé,
d'autant plus aisément que Marianne s'engagea à se faire religieuse, et à dérober
par-là sa honte au public. La mère, qui
ne voulait pas laisser ralentir la bonne vo-

lonté de monsieur de la Noix , lui proposa d'assurer à sa fille une pension honnête dans une communauté ; et celui-ci, qui se croyait bien heureux d'en être quitte à si bon marché, y consentit, à condition que son fils lui donnerait sa parole d'honneur de bien vivre avec son épouse.

Le jeune la Noix crut pouvoir promettre tout , pour se tirer de ce mauvais pas ; mais il eût bien souhaité que sa maîtresse eût pu lire dans son cœur ; il l'aimait plus que jamais , et ne se rendit à ce que l'on exigeait de lui , que pour la soustraire aux mauvais traitemens de sa mère. Il fallut partir sans avoir le tems de l'entretenir en particulier ; et son père, avec un sang-froid capable, comme l'on dit ordinairement, de faire renier un théatin, lui disait de tems en tems : Il faut avouer, mon fils, que vous êtes un joli garçon ; mais j'y mettrai bon ordre ; votre maîtresse me répondra de toutes vos équipées ; prenez vos arrangemens là-dessus, et voyez si vous voulez vous prêter à l'ar-

tifice dont je vais me servir pour justifier
votre extravagance. Le jeune homme
craignait beaucoup son père ; il le connaissait inflexible ; il crut donc n'avoir
rien de mieux à faire, que de se prêter
pour le moment à tout ce qu'il exigerait
de lui , se réservant le droit d'appeler de
ces arrangemens dans un tems plus favorable.

Ils arrivèrent à Auxerre. Le vieux la
Noix savait que sa brue n'avait consenti à
épouser son fils que par obéissance : elle
était prévenue d'une forte inclination pour
un de ses cousins , avec lequel elle avait
été élevée ; mais cette fille , pleine de vertu ,
n'avait écouté que son devoir. Son amant,
désespéré de sa soumission , était parti
pour sa garnison , sans avoir pu obtenir
d'elle la faible consolation d'entretenir un
commerce de lettres. Ce fut sur la connaissance de cet événement , que le père
fabriqua le roman qui devait servir d'excuse à son fils. Il écrivit au père de la demoiselle, qu'un excès de délicatesse avait

3

causé tout ce fracas; et que son fils, instruit par des gens mal intentionnés, de
l'attachement de la nouvelle mariée pour
son cousin, n'avait pu se résoudre à
consommer un mariage qui ne lui livrait
que la moitié de son épouse, dont un autre
possédait le cœur. On se paya de cette
excuse, tant bonne que mauvaise; la mariée fut emmenée chez son beau-père, et
ses parens se chargèrent à leur tour d'inventer un roman qui pût satisfaire le public. Le jeune homme fit quelques excuses
à sa nouvelle épouse, des soupçons qu'il
avait conçus; elle fit semblant de les croire
sincères; et la fin de cette comédie fut un
grand repas, où chacun fit de son mieux
pour s'exciter à la joie : je dis pour s'exciter, car il régnait un froid parmi les
nouveaux mariés, qui se communiquait
aux assistans, et le repas semblait ne devoir être rien moins que gai; mais le vin
de ce terroir est un spécifique sûr contre
la mélancolie; et, sur la fin du souper, on
avait totalement oublié tout ce qui pou-

vait, en pareil cas, troubler la fête.

On coucha la mariée ; et son époux, s'étant enfermé dans la chambre nuptiale, vint galamment s'asseoir auprès de son lit. Là, renversé dans un fauteuil, la tête dans ses deux mains, il se mit à rêver aussi profondément que s'il eût été seul. Son épouse, après lui avoir laissé tout le tems de faire ses réflexions, rompit enfin le silence : Vous m'avez trompé, monsieur, lui dit-elle, lorsque vous avez feint une fausse délicatesse, sur une inclination que je n'ai pas balancé à sacrifier à mon devoir ; je le sens, vous aimez, et vous me regardez actuellement comme la cause de vos malheurs : mais, monsieur, ne pourrais-je pas les adoucir ? Je vous laisse à vous même ; oubliez que les lois m'ont fait votre épouse, et me regardez comme une amie dans le sein de laquelle vous pouvez en sûreté répandre vos douleurs : ouvrez-moi votre cœur ; exigez tout ce que vous croirez nécessaire pour votre bonheur, et soyez persuadé que je me prêterai

à tout ce qui pourra y contribuer, pourvu
que je le puisse faire sans blesser mon honneur et ma conscience.

La Noix sembla sortir comme d'un pro-
fond sommeil; et, regardant son épouse
avec des yeux remplis de larmes, il lui fit,
d'un ton pénétré, l'histoire lamentable de
ses malheurs. Vous méritez tout mon cœur,
ajouta-t-il, et je gémis de ne pouvoir vous
le donner; mais vous me paraissez trop
raisonnable, pour m'imputer à crime une
faute involontaire. Je ne vous dirai point
que le tems et vos charmes pourront me
faire oublier Marianne; non, madame,
je sens que je l'aimerai toute ma vie, et je
mourrais de douleur s'il falfait serrer les
nœuds qui semblent nous lier : j'accepte
votre amitié comme le plus précieux de
tous les biens; trompons les tyrans qui
nous ont ravis à ce que nous avions de
plus cher; et réservons-nous, pour un tems
plus favorable, la liberté de réparer leurs
injustices.

Vous vous êtes trompé, lui répondit la

nouvelle mariée (que j'appellerai, comme tout le monde fit le lendemain, madame de la Noix), si vous avez cru que ma complaisance pour vous eût son principe dans l'espoir de me rejoindre un jour à l'objet de mes premières inclinations : j'ai consenti, aux pieds des autels, à vous recevoir pour mon époux ; je n'appellerai jamais d'un engagement que je crois sacré pour moi, puisqu'il a été pleinement volontaire ; mais cela ne mettra aucun obstacle à votre félicité ; je puis prendre, dans le couvent, la place de Marianne, et vous laisser par-là la liberté de vivre heureux avec elle. Instruisez-la de vos résolutions ; je me charge de lui faire tenir votre lettre ; en attendant le moment favorable de les exécuter, que notre union apparente trompe nos surveillans, et vous laisse la liberté de prendre les mesures les plus convenables pour avancer votre bonheur.

La Noix fut si transporté d'admiration et de reconnaissance à ce discours, qu'il s'en fallut peu qu'il ne mît un obstacle in-

5

vincible aux bontés et aux projets de son
épouse : elle eut besoin de le rappeler à
lui même ; et ce fut une nouvelle obligation qu'il crut lui avoir. Ils parurent le
lendemain parfaitement contens l'un de
l'autre ; toute la famille applaudissait à
un dénouement si heureux. On croirait
que le vieux la Noix partageait la joie
commune ; mais il savait à quoi s'en tenir.
Cet homme rusé avait ménagé, dans la
chambre voisine de celle où avaient cou-
ché les nouveaux mariés , une assez
grande ouverture , pour pouvoir être témoin des excuses que son fils aurait dû
faire en particulier à son épouse. Témoin
de la scène qui s'était passée dans cette
chambre , il prit de justes mesures pour
rompre celles de ces jeunes gens. Il feignit
d'être la dupe de l'aventure ; et, sous prétexte de récompenser la docilité de son
fils , en redoublant ses bontés pour Marianne , il lui apprit le nom du couvent où
elle s'était retirée.

La Noix, qui se tourmentait à chercher

les moyens de découvrir le nom de la
maison où s'était retirée sa maîtresse, rit
en lui-même de la simplicité de son père,
qui se jetait de lui-même dans le panneau ;
il se hâta d'écrire à Marianne, et attendit
sa réponse avec une impatience égale à
son amour. Il continuait cependant à bien
vivre avec son épouse ; et, malgré la passion dont il était prévenu, il ne pouvait
s'empêcher de l'estimer : il y avait même
des momens où il souhaitait de l'avoir
connue avant Marianne; mais il rejetait
ce sentiment comme une mauvaise pensée,
et demandait pardon à sa maîtresse d'a-
voir pu le concevoir.

Il se passa quinze jours avant qu'il reçût
de réponse. Elle vint enfin : mais quelle
réponse! Le lecteur en jugera lui-même.
Marianne annonçait froidement à son
amant qu'elle avait ouvert les yeux sur
l'extravagance de sa passion, et que, pour
s'en guérir absolument, elle avait consenti à épouser un jeune homme fort aimable; qu'elle avait eu le bonheur d'ac-

corder son cœur avec son devoir ; qu'elle aimait son mari , et qu'ainsi elle le croyait trop honnête homme pour essayer de troubler leur union.

La Noix n'avait garde de soupçonner son père d'être l'auteur de cette lettre; aussi n'eut-il pas le moindre doute de l'infidélité de sa maîtresse; il crut être absolument guéri de son amour pour elle; et, dans son désespoir, il crut ne pouvoir mieux se venger, qu'en s'attachant à son épouse d'une manière indissoluble. Il fut la dupe de son dépit, et bientôt il sentit qu'il aimait son ingrate plus que jamais. Quelques jours après, il reçut une seconde lettre par un inconnu; Marianne lui apprenait qu'on l'avait forcée, le poignard à la main, d'écrire la première lettre, et l'assurait qu'elle se conservait toute entière pour lui. Quel coup de foudre pour cet amant !

Les choses en étaient à un point où madame de la Noix ne pouvait plus que plaindre son époux, qui tomba dans une

affreuse mélancolie : elle respecta sa douleur ; et, sous prétexte de son indisposition,
elle prit un lit séparé, et ne s'appliqua
qu'à lui faire connaître sa tendresse par
une complaisance sans bornes. Cette jeune
femme était dans une situation d'autant
plus pénible, qu'elle s'était attachée à son
époux, et était venue au point de l'aimer
uniquement.

L'amour opère des effets dissembla-
bles, et toujours proportionnés aux dispositions des cœurs qu'il occupe. Chez une
ame commune, qui se fût trouvée dans la
situation de madame de la Noix, il eût
produit la jalousie, la mauvaise humeur,
les reproches ; mais, chez cette digne
femme, il ne fit naître qu'une compassion
tendre pour son époux. Son état lui parut
digne de pitié, et elle n'épargna rien pour
l'adoucir : elle l'abandonna à lui-même
les premiers jours, et crut que sa présence
ne servirait qu'à aigrir ses peines ; mais
elle trouva le moyen de l'engager lui-
même à chercher sa conversation, en lui

parlant de l'objet duquel il était uniquement occupé.

La Noix, quoiqu'il ne pût trouver de
plaisir qu'à penser à Marianne, eut d'a-
bord quelque confusion de la conduite de
son épouse ; mais elle revint tant de fois à
la charge, et cela d'une manière si naturelle, qu'il se persuada s'être trompé,
lorsqu'il avait cru qu'elle avait oublié son
amant pour s'attacher à lui. Telle est l'injustice des hommes à notre égard ; ils ne
peuvent nous croire capables d'un effort
vertueux ; et, pour dépriser nos actions
les plus estimables, ils y cherchent des
motifs intéressés : ils auraient trop à rougir
s'ils pensaient autrement, et sont charmés
de justifier leurs faiblesses par les nôtres.
Telle était précisément la situation de la
Noix ; il parvint à se déguiser les motifs
qui faisaient agir son épouse, et n'eut plus
que de l'empressement à se trouver avec
elle pour s'entretenir de sa maîtresse.

Une jolie femme est une confidente dangereuse, et puis la vertu a ses droits ; elle

arrache l'estime de ceux même qui s'obstinent à lui refuser de l'amour. La Noix se trouva bientôt partagé entre deux objets qui l'attachaient presqu'également. Ce n'est pas qu'il eût cessé d'aimer Marianne ; mais il commençait à gémir sincèrement de la tyrannie d'une passion, qui le mettait dans la cruelle alternative d'être malheureux ou criminel : il ne démêlait pas encore la nature de ses sentimens pour son épouse ; la jalousie l'éclaira. Par une bizarrerie, que ceux, qui ne connaissent pas les caprices du cœur auront peine à comprendre, il devint jaloux.

L'amant de son épouse était revenu à Auxerre. Dans ces petites villes, tout le monde se connaît, et il se présente à tous momens des occasions de se trouver ensemble. La Noix, qui avait souhaité plusieurs fois le retour de cet homme qu'il croyait seul capable d'arrêter les progrès qu'il craignait de faire dans le cœur de son épouse, se trouva embarrassé, lorsqu'il se trouva avec lui, et qu'il se vit dans la nécessité de répondre aux avances d'amitié qu'il lui faisait. Son épouse le tira de peine, et refusa absolument de recevoir chez elle un homme qu'elle avait aimé, et qu'elle aimait peut-être encore un peu.

Nous avons vu le jeune la Noix, gémissant de l'amour qui l'empêchait de se donner tout entier à son épouse; il n'y avait plus qu'un pas à faire pour sa guérison : la mort de son père la recula de beaucoup. Le bon homme mourut presque subitement; mais il avait pris les meilleures précautions pour s'assurer de Marianne. Quoiqu'elle se fût mise volontairement dans une maison religieuse, elle n'était pas libre d'en sortir : le vieux père avait fait valoir l'ordre du roi. Marianne ignorait cette circonstance, et ne l'apprit qu'au moment où, se croyant maîtresse de sa destinée, elle voulut retourner chez sa mère. Elle trouva moyen de faire savoir à son amant cette nouvelle circonstance de ses malheurs, et il n'en fallut

pas davantage pour réveiller sa passion.
Il oublia dans ce moment tout ce qu'il
devait à son épouse ; et, s'étant rendu à
Paris , il travailla si efficacement qu'il
obtint la liberté de sa maîtresse. Il la
mena à Auxerre, et, se flattant de pouvoir en imposer à son épouse qu'il respec-
tait trop pour ne la pas craindre, il lui
proposa d'aller passer six mois à sa maison de campagne.

Madame de la Noix, trop intéressée à
suivre les traces de son époux , n'ignorait
pas le motif de la prière qu'il lui faisait;
mais elle crut qu'il fallait céder au tor-
rent , et qu'elle ne ferait qu'aigrir le mal ,
si elle voulait employer , pour le guérir ,
des remèdes violens. Elle se laissa donc
conduire à la campagne, où son époux ,
content de la possession de sa maîtresse,
qu'il se procurait la liberté de voir fort
souvent , reprit sa gaîté ordinaire, et
vivait avec sa femme comme avec une
amie, pour laquelle on a les plus grands
égards.

Son histoire devint bientôt le secret de la comédie; chacun se la contait à l'oreille, et l'on gémissait de l'aveuglement de madame de la Noix qui, seule, ignorait, disait-on, la mauvaise conduite de son époux. Quelques personnes de celles qui ne cherchent que l'occasion de se rendre nécessaires, prirent la peine de la mettre au fait, et furent fort surprises du sang froid qu'elle témoigna à cette nouvelle. Elle traita d'abord les donneurs d'avis de calomniateurs, et finit, en les priant de ne point se donner la peine d'examiner la conduite d'un époux dont elle n'avait aucun sujet de se plaindre, et qu'elle trouvait fort extraordinaire qu'on se mêlât d'une chose qui la regardait uniquement.

Le bruit que faisait cette aventure, étant parvenu aux oreilles de la mère de madame de la Noix, elle vint faire à son gendre les reproches les plus piquans; mais sa fille, sans manquer au respect qu'elle lui devait, prit le parti de son époux, et assura sa mère que ces rapports venaient de personnes intéressées à troubler leur ménage. La Noix fut confondu à la vue de la vertu de son épouse, et sentit augmenter la vénération qu'elle lui avait inspirée : il rougit de sa faiblesse, et se détermina, pour la première fois, à la vaincre. Il fut trois jours sans aller à Auxerre ; mais la violence qu'il se faisait était trop grande, pour ne pas déranger sa santé : il fut pris d'une fièvre violente, pendant laquelle son épouse ne l'abandonna point un instant. Dans cet état, il était aisé de connaître à quel point il était agité : tantôt il appelait Marianne, et lui demandait pardon d'avoir conçu le dessein de lui être infidèle ; tantôt il priait son épouse de lui aider à vaincre une passion si injurieuse pour elle, et si contraire à son repos. Sa fièvre augmentant, fut suivie d'un transport qui fit craindre pour sa vie ; et il dut son rétablissement à la prudence de son épouse qui, dans ses momens de délire, lui parlait sans cesse de celle qui le causait , et lui faisait espérer de la revoir bientôt.

Cependant , Marianne éprouvait les plus vives alarmes. Elle ignorait la maladie de son amant , et , se croyant abandonnée, elle n'écouta que son désespoir. Elle avait fait connaissance à Auxerre , avec un' jeune homme qui avait pour elle une amitié sincère (et c'est de la bouche de ce jeune homme que je tiens cette aventure). Il eut pitié de son état , et consentit à la conduire au lieu où demeurait la Noix. Cette fille était dans le plus grand désordre ; ses yeux étaient baignés de larmes ; et , n'osant entrer dans une auberge en cet état , elle se cacha dans une pièce de bled , en attendant que son confident eût remis une lettre à son amant.

Il se fit conduire chez lui ; et , ayant demandé à lui parler , on fut avertir son épouse : dans l'intervalle qu'elle mit à venir , il apprit que le maître du logis était à l'extrémité , et , se trouvant fort embarrassé de sa contenance , il inventa une fable dont madame de la Noix parut satisfaite. Il sortit, et fut apprendre cette nouvelle à l'infortunée Marianne qui, ayant poussé un grand cri, tomba sans connaissance.

Le jeune homme, après avoir fait d'inutiles efforts pour la faire revenir, prit un parti fort extraordinaire, et qui était pourtant le seul convenable en cette occasion. Il connaissait madame de la Noix : sur le portrait avantageux que Marianne lui en avait fait, il ne balança pas à retourner chez elle; et, après lui avoir demandé pardon de s'être mêlé d'une telle affaire, il lui avoua l'embarras dans lequel il se trouvait. Madame de la Noix le remercia d'avoir évité un éclat; et, s'étant transportée au lieu où était Marianne, elle a fit porter chez elle. On la mit au lit, avant qu'elle pût reprendre ses esprits. Jugez de sa surprise, lorsqu'elle se vit entre les mains de sa rivale, mais d'une rivale qui la mit tout d'un coup à son aise. Rassurez-vous, mademoiselle, lui dit madame de la Noix : vous êtes avec une amie qui partage vos peines, et qui est bien éloignée de chercher à les aggraver : je connais le mérite de mon époux, et je sais ce qu'il doit vous en coûter pour l'arracher de votre cœur ; mais que ne peut pas la vertu sur une ame faite comme la vôtre, et que n'en dois-je point espérer pour l'avenir ? En attendant, regardez vous ici comme chez vous, et comptez sur tout ce qui dépendra de moi pour adoucir votre situation.

Marianne avait le cœur bon ; l'amour l'avait séduite dans un âge où il est difficile de résister à ses charmes : le libertinage n'avait point de part à sa mauvaise conduite ; et son ame naturellement vertueuse, n'attendait, pour ainsi dire, que cette occasion, pour suivre son penchant naturel. Elle tendit les mains à madame de la Noix ; et, sans pouvoir exprimer parfaitement ce qui se passait en elle, elle assura que désormais elle s'attacherait à réparer tout le chagrin qu'elle lui

avait causé : elle fut bientôt remise de
sa faiblesse. Madame de la Noix passait
auprès d'elle tous les momens qu'elle
pouvait dérober à son époux, et l'affer-
missait dans sa résolution de rentrer dans
la voie du devoir. Deux jours après, monsieur de la Noix se trouva sans fièvre ; il
fut touché des soins de son épouse, et se
fortifia dans le dessein de lui rendre enfin
ce qu'elle méritait.

Ce n'est pas qu'il ne ressentît souvent
des retours pour Marianne ; mais ils n'é-
taient presque plus causés que par la
crainte de la livrer au désespoir en l'a-
bandonnant. Il s'en expliqua avec son
épouse, lorsqu'il fut convalescent, et la
conjura d'agréer qu'il fît un sort gracieux
à cette pauvre fille. Il la pria même de
se charger entièrement de cette affaire,
parce qu'il n'aurait pas le courage de lui
annoncer son changement. Madame de
la Noix crut alors pouvoir lui apprendre
ce qui s'était passé, et elle ne craignit
point de faire appeler Marianne.

Marianne ne montra aucune faiblesse ; elle demanda pour dernière preuve de son amour à son amant, une assurance de ne la voir jamais ; elle le conjura de transporter à sa digne épouse la tendresse qu'il avait eue pour elle jusqu'alors. Lorsqu'il fallut se séparer, elle embrassa sa rivale avec une effusion de cœur qui attendrit madame de la Noix, à qui elle fit promettre de la revoir quelquefois dans la retraite où elle allait s'ensevelir pour jamais. Monsieur de la Noix fit paraître moins de courage, et voulut excuser, aux yeux de son épouse, des transports qui le maîtrisaient malgré lui ; elle l'assura qu'elle n'en était point offensée, et qu'elle aurait mauvaise opinion de son cœur, s'il se séparait sans douleur d'une personne qu'il avait tant aimée. Son premier soin, après le départ de Marianne, fut de lui assurer, par un bon contrat, une somme qui la pût faire vivre à son aise le reste de ses jours.

Marianne était entrée dans un couvent

à

à dessein de se faire religieuse ; mais le jeune homme dont j'ai parlé , lui ayant fait connaître ses sentimens pour elle , elle l'épousa , et vecut avec lui dans une union comparable à celle où vécurent ensuite monsieur et madame de la Noix.

Fin du second Volume.

~~~~~~~~~~~~~~~~~~~~~~~~~~~~~~

TABLE

DES MATIERES

Contenuès dans le second Volume.

~~~~~~~~~~~

Betsi et Laure. . . . . pag.   1
Emilie et la Raison.   13
Marianne , où en quoi consiste le
 bonheur.   49
La Souris, ou les sottises des pères
 sont perdues pour leurs enfans.   69
Rannée et Másca , ou l'Education
 peut changer la Nature. . .   83
Henriette , ou que de précautions à
 prendre , quand il est question de
 choisir une Gouvernante. . . 139
Marianne et Robillard , ou l'Amant
 anobli par l'Amour. 169

*Angélique et Clerville, ou la pay-
sanne généreuse et l'amour dés-
intéressé.* . . . . . . pag. 189
*De la Noix et Marianne, ou Re-
cette pour les Dames qui ont
des maris infidels.* 211

Fin de la Table du Second Volume.